LES 13 MYSTÈRES

Paru dans Le Livre de Poche :

GEORGES SIMENON

Les 13 Mystères

PRESSES DE LA CITÉ

1

L'affaire Lefrançois

Joseph Leborgne compulsa quelques dossiers, choisit presque au hasard une chemise qu'il me tendit. Sur cette chemise, il s'était contenté de coller des mots découpés dans un journal, où ils avaient constitué un titre en caractères gras : *L'affaire Lefrançois.*

— Une affaire pour débutant ! me dit-il. Je parie qu'après cinq minutes vous claironnez la solution.

Et il ne s'occupa plus de moi. Il alla s'asseoir dans un fauteuil, devant le radiateur électrique, et il tira à lui un guéridon sur lequel était posé un pot de confiture chinoise.

La plus mauvaise plaisanterie jouée à

Joseph Leborgne avait été de l'appeler ainsi, car il portait son nom aussi mal que possible.

C'était un homme de trente-cinq ans environ, plutôt petit et mince, extrêmement soigné. Il avait horreur des complications de la vie au point qu'il s'obstinait, étant célibataire, à vivre à l'hôtel, où il se faisait le plus souvent servir ses repas dans sa chambre.

Bien que celle-ci fût chauffée comme le reste de l'immeuble, il avait demandé qu'on lui installât par surcroît un radiateur électrique et il restait des heures à contempler le disque rouge et brûlant de celui-ci.

Qu'est-ce qui le poussait à s'occuper de police ? Je n'en sais rien. Mais cet étrange garçon, qui se fût évanoui s'il eût vu quelqu'un saigner du nez, vivait parmi les histoires les plus effrayantes de son époque.

Le dossier que je tenais à la main n'était qu'une modeste unité parmi cent autres dossiers gonflés de coupures de journaux, de fiches anthropométriques et de photographies d'armes ou de cadavres.

Il est vrai que Leborgne se contentait de faire ses enquêtes de son fauteuil et qu'il me jura certain jour que jamais, au grand jamais, il n'avait vu un mort.

— C'est vous qui avez découvert la vérité ? questionnai-je avant de parcourir les documents que je tenais à la main.

— Tellement simple ! soupira-t-il, la bouche pleine d'une confiture si fade que l'odeur seule me donnait la nausée.

J'ouvris le dossier et je lus une première coupure de journal :

Au moment où nous mettons sous presse, on nous avise qu'un crime a été découvert, 28, rue de Miromesnil. La victime serait Oscar Lefrançois, bien connu dans les milieux financiers parisiens.

Cette coupure était extraite d'un journal politique qui, paraissant très tard, avait pu seul utiliser l'information de dernière minute.

La seconde provenait d'un journal de midi :

Un financier tué rue de Miromesnil
Une arrestation est imminente

Ce matin, à cinq heures, au moment où il

posait les poubelles sur le trottoir, Marius Galimier, concierge au 28 de la rue de Miromesnil, constata qu'une fenêtre du rez-de-chaussée,
qui s'ouvre sur l'appartement de M. Lefrançois,
était entrouverte.

En s'approchant, il remarqua qu'une des
vitres était brisée et que les éclats de verre
étaient enduits de savon.

On sait que c'est le procédé que certains
malfaiteurs emploient pour fracturer les
fenêtres sans bruit.

Impressionné, Marius Galimier se mit à la
recherche d'un sergent de ville et, quelques instants plus tard, accompagné du représentant de
l'autorité, il pénétrait par la fenêtre dans l'appartement de son locataire.

A deux mètres de celle-ci et à mi-chemin du
divan-lit, le corps d'Oscar Lefrançois gisait sur
le tapis, la poitrine trouée d'une balle qui avait
traversé le cœur.

M. Lefrançois était en pyjama. Autour de lui,
on ne releva aucune trace de lutte.

Comme bien on pense, un médecin du voisi-
nage, mandé d'urgence, ne put que constater
le décès.

Quant à l'enquête, commencée par le commissaire du quartier et poursuivie par la police judiciaire, elle a donné des résultats assez troublants.

Il nous faut dire d'abord quelques mots des lieux. L'appartement d'Oscar Lefrançois est plus exactement une garçonnière, comportant, au rez-de-chaussée, presque toute l'aile droite de l'immeuble, lequel est divisé en deux, comme la plupart des maisons de rapport, par un large couloir.

La loge du concierge, qui vit avec sa femme, forme seule comme une enclave dans l'appartement.

Celui-ci a son issue particulière sur la rue et est composé d'un corridor qui sert d'antichambre, d'un studio où le locataire avait l'habitude de dormir sur un divan-lit, d'une salle de bains et d'un petit fumoir.

Les deux fenêtres du studio donnent sur la rue ; celles de la salle de bains et du fumoir s'ouvrent au contraire sur la cour.

Oscar Lefrançois, qui avait quarante-cinq ans, était assez connu dans les milieux financiers et aussi dans les milieux où l'on s'amuse.

Riche, il avait gaspillé, dit-on, plusieurs millions en quelques années et, depuis lors, il vivait des commissions qu'il prélevait sur des affaires pour lesquelles il servait d'intermédiaire.

Grand, fort, beau garçon, spirituel, il avait la plaisanterie facile et il passait, en outre, pour avoir beaucoup de succès auprès des femmes.

Le fait est que le concierge, qui, chaque matin, lui tenait lieu de valet de chambre, lui a connu en quelques mois un grand nombre de maîtresses.

Depuis peu de temps, cependant, Oscar Lefrançois semblait s'être assagi, depuis l'époque exactement où il avait fait la connaissance de sa dernière amie, une certaine Jeannine M..., âgée de vingt-cinq ans, peu disposée à laisser prendre sa place.

Elle vivait avec lui d'une façon à peu près régulière. Hier au soir, pourtant, par exception, elle n'est pas rentrée rue de Miromesnil, ce qui ne lui est arrivé que deux fois en un mois.

La première fois, son amant lui fit une scène de jalousie si tumultueuse que le concierge et sa femme en ont entendu les éclats.

Que s'est-il passé la nuit du crime ? Jusqu'ici on a pu établir que M. Lefrançois est rentré vers dix heures, après avoir dîné au restaurant, selon son habitude.

Sans doute a-t-il lu... En tout cas, il a fumé, car on a retrouvé dans un cendrier cinq bouts de cigares.

A trois heures exactement, le concierge a été réveillé par un bruit semblable à une détonation. Il a déclaré qu'il s'était dressé sur son lit et qu'il avait instinctivement regardé l'heure.

Peut-être se fût-il levé si sa femme ne lui eût dit : « Un pneu qui a éclaté... Il me semble que j'ai entendu un roulement de voiture... »

Quelques instants encore, le concierge a tendu l'oreille et il a fini par se rendormir.

Il paraît donc certain, comme l'état des lieux le fait croire en outre, qu'il n'y a pas eu lutte.

Le lit étant défait, on peut reconstituer les événements comme il suit :

M. Oscar Lefrançois s'est couché, assez tard sans doute. Le malfaiteur a brisé la vitre de la fenêtre, après avoir enduit celle-ci de savon noir, si bien qu'il n'a fait aucun bruit.

Mais peut-être son pied a-t-il heurté quelque objet, une fois dans la chambre. Toujours est-il que le locataire s'est levé, qu'il a fait quelques pas en avant.

Et il est tombé sans avoir eu le temps de se défendre.

Une chose est étrange, cependant : M. Lefrançois avait l'habitude de poser chaque soir un revolver sur une table de chevet qui se trouve à côté du divan. Il n'avait que le bras à tendre pour saisir l'arme.

Or, non seulement il ne l'a pas fait, mais, même en voyant la fenêtre ouverte, il n'a pas tenté de s'armer : en effet, le revolver a été retrouvé, avec ses six cartouches, à sa place habituelle.

C'est ce qui a donné aux enquêteurs l'idée qu'on n'est peut-être pas en présence d'un vulgaire cambriolage à main armée.

Certes, un tiroir a été ouvert et une somme de 70 000 francs en espèces a été volée.

Cette somme avait été touchée le matin même par M. Lefrançois, qui devait partir le lendemain pour Cannes.

Quant à sa maîtresse, Jeannine M..., qui s'est présentée spontanément devant le commissaire de police, elle a avoué qu'elle avait passé la nuit en compagnie d'un ancien ami, Jean M..., rencontré par hasard la veille au soir.

D'après ses déclarations, elle comptait ren-
trer rue de Miromesnil à minuit, aussitôt après
le théâtre. Cette rencontre toute fortuite et l'in-
sistance de Jean M... l'en ont seules empêchée.

Aux questions des enquêteurs, elle a répondu
qu'elle était au courant de la présence des
70 000 francs dans la garçonnière.

D'autre part, elle ne devait pas accompagner
M. Lefrançois à Cannes et elle considérait ce
voyage comme le prélude d'une rupture.

Selon elle, la vie commune n'était pas très
heureuse. Les deux amants étaient aussi jaloux
l'un que l'autre, en même temps qu'aussi
volages.

Quinze jours plus tôt, cependant, dans un
moment de tendresse, M. Lefrançois avait
contracté au bénéfice de sa maîtresse une assu-
rance sur la vie de 100 000 francs.

Tels sont les faits. Il ne nous est pas encore
permis de dévoiler les conclusions qu'en tire
la police.

— Qu'en dites-vous ? me demanda Joseph
Leborgne, qui fumait maintenant, avec des
mines précieuses, une cigarette à bout rose.

— Je pense que le crime a été commis par...

— Ce n'est pas de cela que je parle, mais du compte rendu. Ils devraient être faits tous sur le modèle de celui-là. Evidemment, il est un peu tendancieux : le reporter laisse percer le bout de l'oreille ; mais, du moins, ne néglige-t-il aucun détail, pas même les cinq bouts de cigares. Des coronas, je l'ai su par la suite en téléphonant au concierge. Un fumeur normal met quarante minutes environ pour en achever un... Maintenant, jetez donc un coup d'œil sur ce plan, que j'ai prié un de mes amis qui est de la police de me dresser...

— La documentation s'arrête là ?

— A peu près... Il y a l'extrait d'un rapport des « Mœurs » sur Jeannine Morel, la maîtresse de Lefrançois. Plutôt mauvais. Femme entretenue... Origines des plus basses... Son père était camelot et avait un casier judiciaire chargé...

— Lefrançois voulait vraiment rompre ?

— Lisez ! Je n'en sais pas plus que vous. Vous avez toutes les pièces en main.

— Jeannine Morel avait une clef de la porte d'entrée ?

— Elle en avait une.

— Et où a-t-elle passé la nuit ?

— Dans un de ces hôtels où l'on ne s'occupe pas du va-et-vient des locataires ; un hôtel où les chambres se louent aussi bien à l'heure qu'à la journée, pour préciser. Le garçon d'étage croit que le couple est arrivé vers une heure, mais il ne l'a pas vu partir, car, dans ces hôtels-là, on paie d'avance...

J'avais étalé les coupures de journaux devant moi, ainsi que le plan.

— Qu'est-ce que cette carte postale ? questionnai-je en trouvant dans la chemise, que je croyais vide, un rectangle de carton.

— La réponse qu'a faite l'Office météorologique à une question que je lui ai posée. Lisez : *Pluie sur Paris dans la nuit du 4 au 5, de deux heures à trois heures et demie du matin. Fort vent de nord-ouest.*

Et Joseph Leborgne ajouta avec lassitude, comme s'il n'eût jamais tant parlé à la fois :

— C'est la nuit du crime. Et c'est tout !... Vous n'avez pas encore crié victoire ?

Je ne voulais pas me prononcer à la légère. Je pris un crayon et, en marge du plan, j'écrivis en colonne :

Oscar Lefrançois.

Jeannine Morel.

Son amant.

Le concierge.

Un cambrioleur inconnu.

Et mon crayon resta en suspens, hésitant à s'abaisser, accusateur, vers un de ces cinq noms.

Joseph Leborgne s'était levé. Il était penché sur mon épaule.

— Hé ! Hé ! fit-il en voyant le premier nom.

Je fus assez fier. Je dis :

— Il faut tout examiner, même l'invraisemblable...

Mais, dix minutes plus tard, mon crayon était toujours en suspens, lorsque, d'une pression légère, il me força à l'abaisser vers un des mots.

— Le plan ! murmura-t-il comme apitoyé. Regardez le plan ! Lisez le plan ! *Tout y est...*

La pointe du crayon avait touché la ligne où était écrit le mot *concierge*.

— Tellement simple ! expliqua Joseph Leborgne. Le plan et le bulletin météorologique ! Le crime a été commis à trois heures ! A trois heures, vous entendez ! Alors qu'il pleuvait avec fort vent de nord-ouest *et que, par conséquent, la pluie lavait la fenêtre*. Et pourtant on retrouve du savon sur les vitres ! Et pas une trace d'eau à l'intérieur de la chambre !

» Autrement dit, la fenêtre a été enduite de savon et ouverte après trois heures et demie, donc après le crime !

» Regardez le plan... Si quelqu'un était entré par la porte s'ouvrant sur la rue, il eût laissé des traces de pas dans le corridor et dans la chambre. Les policiers les eussent décelées.

» Il y a une porte condamnée derrière le divan. Lefrançois, comme le prouvent les cigares, ne s'est couché que très tard... Ou plutôt n'a pas eu le temps de se coucher. On le guettait, derrière cette porte qui n'était condamnée que pour lui. On a attendu qu'il fût en tenue de nuit. La porte s'est entrouverte et la balle est partie...

» Il restait à défaire le lit, à ouvrir un tiroir, à mettre l'argent en lieu sûr. Soit une bonne demi-heure. La pluie avait cessé de tomber et l'assassin est sorti de la maison, a maquillé la fenêtre de l'extérieur.

» Remarquez que cette idée d'utiliser du savon noir ne serait pas venue à une femme coquette ! Tandis qu'un concierge qui fait le ménage de ses locataires ! Et, ma foi, ce n'était pas trop mal machiné...

2

Le coffre-fort de la S.S.S.

Joseph Leborgne lisait ses journaux, ou plutôt se contentait de savourer les faits divers de chacun d'eux, et je crois que c'est pour avoir la paix qu'il me désigna sans conviction un dossier intitulé S.S.S.

Une information, d'un grand quotidien de Paris, me tomba d'abord sous les yeux :

Un mystérieux cambriolage

Un cambriolage, qui laisse loin derrière lui les hauts faits d'un Arsène Lupin, a été commis boulevard Haussmann et l'affaire est d'autant plus troublante qu'on ne peut même pas déterminer à quinze jours près la date à laquelle il a eu lieu.

La Société du Sucre Synthétique, récemment constituée au capital de 1 500 000 francs, occupe de vastes locaux au premier étage du 36, boulevard Haussmann.

Un coffre-fort de dimensions respectables et construit selon les formules les plus modernes est le principal ornement de ces locaux.

Lors de la constitution de la société, voilà un mois, des titres représentant une valeur de un million environ furent déposés dans ce coffre, en présence des trois administrateurs. Une enveloppe cachetée, contenant la formule découverte par l'ingénieur Morowski pour la fabrication du sucre synthétique, fut enfermée dans le même coffre.

Pour ouvrir celui-ci, fabriqué spécialement par la maison Leroy sur les indications de la S.S.S., trois clefs sont nécessaires.

Chaque administrateur possédait et possède encore une de ces clefs.

Or, hier, comme ils étaient réunis pour retirer du coffre certains titres dont ils avaient besoin, ils eurent la surprise de constater que le meuble était vide.

Il ne portait aucune trace d'effraction. Et c'est en vain que le service de l'Identité judiciaire a tenté de relever sur l'acier des empreintes digitales.

Les trois administrateurs, MM. Morowski, Germain Massart et Henry Leprin, sont catégoriques dans leurs affirmations. Ils n'ont ouvert le coffre qu'une seule fois, pour le dépôt des titres et de l'enveloppe cachetée. D'autre part, ils ne se sont, ni l'un ni l'autre, séparés de leur clef.

Quant à M. Gérard Leroy, le constructeur du coffre, il a affirmé que les cambrioleurs les mieux outillés n'auraient pu venir à bout des trois serrures à secret.

Une enquête est ouverte. Mais la tâche de la police est rendue extrêmement difficile par le fait qu'il est impossible de déterminer, même à peu près, la date à laquelle le vol a eu lieu.

On suit une piste, cependant. Un voleur international, affilié à une bande d'Amsterdam spécialisée dans ce genre d'opérations, a été aperçu à Paris voilà une semaine environ.

Mais on n'a pu encore retrouver sa trace.

Leborgne lisait toujours, sans se préoccuper

de moi, et c'est en vain que j'essayai d'attirer son attention par mes commentaires. Je me résignai donc à parcourir un article découpé dans un journal hebdomadaire qui se vante volontiers d'être indiscret, mais qui a soin de ne pas proclamer que ses indiscrétions frisent souvent le chantage :

Le plus larron des trois ?

La grande presse a raconté assez brièvement l'affaire de la S.S.S. (Société du Sucre Synthétique), mais, selon son habitude, elle a eu soin de ne pas tout dire.

Nous allons donc compléter ses informations et l'on se rendra compte qu'on se trouve en présence d'une des plus jolies farces qu'il soit possible d'imaginer.

Entre autres, on a tenu sous silence le témoignage spontané de M. Leroy, constructeur de coffres-forts, boulevard Richard-Lenoir, qui a rapporté la confidence que lui avait faite son principal monteur, Jean-Baptiste Canelle, celui-là précisément qui a procédé à l'installation du meuble boulevard Haussmann.

Quelques jours après la constitution de la

S.S.S. *et alors que les fameux titres devaient se trouver dans le coffre, Canelle reçut à son domicile particulier,* vers *dix heures* du soir, *la visite de Germain Massart qui paraissait très nerveux.*

Massart affirma que ses deux associés se trouvaient en voyage, l'un à Marseille, l'autre à l'étranger, et qu'il avait besoin sur-le-champ d'une pièce contenue dans le coffre. Il pria Canelle de l'accompagner boulevard Haussmann et de l'aider à ouvrir le meuble, malgré l'absence de deux des trois clefs.

L'ouvrier hésita. Il finit par déclarer, afin de masquer son refus, que la chose lui était matériellement impossible.

Massart insista encore. Il ne partit qu'après avoir prié le monteur de ne parler de sa visite à personne.

Canelle n'en dit pas moins son étonnement à M. Leroy, dès le lendemain, et celui-ci approuva son attitude.

Comme bien on pense, le juge d'instruction a interrogé à son tour le monteur. Celui-ci a renouvelé ses déclarations. Il y a même ajouté une accusation plus grave, dont il n'avait pas cru devoir parler à son patron.

Quatre jours après la visite de Massart, en effet, Henry Leprin se présenta à son tour au domicile de Canelle.

Après un long préambule, il offrit à celui-ci une somme de 50 000 francs, s'il consentait à lui ouvrir le coffre. Sur le refus de l'ouvrier, il supplia, lui aussi, Canelle de se taire et il voulut lui faire accepter un chèque de 10 000 francs, pour prix de son silence.

Comme le monteur refusait toujours, il posa le chèque sur la table et s'en fut.

Canelle a avoué qu'il n'avait pas résisté, le lendemain, à la tentation de toucher ce chèque.

Comme on le voit, l'affaire ne se présente pas tout à fait sous un jour aussi clair que la presse veut bien le dire.

Et ce n'est pas tout !

Nous pouvons affirmer qu'il y a un troisième larron, qui n'est autre que Morowski lui-même.

Celui-ci, qui est russe, n'a jamais été ingénieur, mais s'est contenté de suivre pendant un an les cours de l'Université de Liège.

Il faillit être condamné, dans cette ville, pour escroquerie, et il préféra gagner Berlin, où lui vint cette idée du sucre synthétique. Il essaya d'intéresser différents industriels à sa prétendue invention.

Une fois, il fut sur le point de réussir, mais, le jour où les expériences eurent lieu, un ingénieur présent découvrit la supercherie.

Si aucune plainte n'a été portée alors, c'est que les industriels allemands ne voulurent pas avouer que, pendant plusieurs semaines, ils avaient été dupes d'un aventurier.

Morowski ne s'est pas découragé ; il a simplement changé de champ de bataille.

Et, à Paris, il a trouvé Massart et Leprin, qui ont aussitôt accepté de fonder une société pour la mise en valeur de son invention.

Les trois compères avaient une telle confiance l'un dans l'autre qu'ils ont commandé, pour y déposer l'actif de la société, un coffre à triple serrure, dont ils se sont partagé les clefs.

Quel est le plus larron des trois ? Et qui a réussi à ouvrir le coffre malgré tout ?

Qu'y avait-il exactement dans le coffre ?

Et quels sont les titres apportés dans l'affaire par Massart et Leprin ?

Ce n'est pas à nous de le découvrir.

Pour conclure, nous ne pouvons que répé-
ter : Quel est le plus larron des trois ?

Le dossier ne contenait rien d'autre, sinon la
photographie des trois clefs, celles du coffre et
des serrures et un plan des bureaux du boulevard Haussmann.

— Qu'en dites-vous ? questionna Joseph
Leborgne sans quitter son journal des yeux.

— Qu'il y a évidemment un voleur dans
l'affaire.

Il haussa les épaules. Il se leva.

— Est-ce que vous avez quelques notions en
matière de coffres-forts ? Non ? Dans ce cas il
faut que je vous répète ce que M. Leroy, qui
est le plus sérieux des industriels, m'a affirmé
au téléphone : *Le coffre n'a pas été forcé ! On*
n'a tenté sur lui aucun des moyens classiques
d'effraction ! On l'a ouvert purement et simple-
ment avec ses clefs.

— Les renseignements donnés par l'hebdomadaire sur Morowski sont exacts ?

— Ils le sont. Il est probable, en effet, que
le Russe est un vulgaire escroc à l'invention.

— Massart ?

— Un homme d'affaires marron.

— Henry Leprin ?

— Un garçon à tout faire.

— Etait-il facile de s'introduire la nuit dans les bureaux ?

— Comme dans la plupart des bureaux : une porte à ouvrir ; l'enfance de l'art pour un cambrioleur.

— Mais la concierge ?

— Tire le cordon comme toutes les concierges, sans même entendre, dans son demi-sommeil, le nom qu'on lui crie.

— Les trois administrateurs s'entendaient bien ?

— Ils se souriaient du bout des dents. Ils se méfiaient l'un de l'autre.

— Et maintenant ?

— Ils s'accusent mutuellement. Massart et Leprin donnent une explication plausible de leur démarche auprès de Canelle. Ils affirment que, intrigués par les manières du Russe, qui remettait toujours les expériences à plus tard, ils voulaient s'assurer du contenu de la fameuse enveloppe cachetée.

— Et que dit Morowski ?

— Qu'il est la victime de ses associés et que

ceux-ci ont voulu simplement reprendre leurs titres.

— Mais pourquoi ?

— Parce que, d'après lui, ces titres seraient sans valeur. On aurait essayé de lui voler son invention en jouant cette comédie de société anonyme, mais en ne déposant dans le coffre que des valeurs des « pieds humides », comme on dit en bourse. La formule du sucre synthétique une fois révélée, les deux hommes n'eussent plus eu qu'à l'exploiter ou à la vendre à leur tour...

— Et le juge s'y retrouve ?

— Il en perd le sommeil. Ou plutôt il en a perdu le sommeil jusqu'à hier.

— Hier ?

— C'est-à-dire jusqu'à ce que j'aie découvert la vérité.

Il y avait le double d'une lettre dans le dossier. Elle était ainsi conçue :

Cher Monsieur Canelle,
Portez donc au juge d'instruction chargé de l'affaire de la S.S.S. les titres sans aucune valeur et l'enveloppe ne contenant que du

*papier blanc que vous possédez et dont vous
ne savez que faire.*

*Ou je me trompe fort, ou vous ne serez même
pas inquiété, car on préférera étouffer cette
ridicule histoire.*

Dites la vérité, ni plus ni moins.

— Et il l'a dite ?

— Mais oui ! Une vérité si simple ! Ce brave
homme, qui connaît le secret de la plupart des
coffres-forts de Paris, n'a seulement jamais eu
l'idée qu'il pourrait se servir de son expérience
pour les cambrioler. Mais soudain les proprié-
taires d'un de ces coffres viennent eux-mêmes
le tenter. L'un d'eux va jusqu'à lui offrir cinquante mille francs. L'esprit de Canelle tra-
vaille. Désormais le monteur ne pense qu'à ce
meuble qui doit contenir une fortune. Il fabrique
lui-même le double des clefs dont il a fait le
premier exemplaire et qu'il connaît à merveille.
Il s'introduit une nuit boulevard Haussmann. Le
vol ne lui rapporte pas un centime...

— Mais les titres ?

— Sans valeur, comme Morowski le suppo-
sait. Une société magnifique ! L'un apporte une
formule qui n'existe pas ! Les autres déposent

dans le coffre du papier acheté au poids ! Et chacun ne pense plus qu'à retirer de ce fameux coffre ce qu'il y a mis, afin que sa supercherie ne soit pas découverte...

— Et pourtant, c'est à Canelle que vous avez pensé ?

Il me regarda avec étonnement. Et il soupira, comme outré de mon manque de réflexion :

— Vous croyez donc que le premier soin d'un des trois autres, ou même des trois réunis, n'aurait pas été de simuler un cambriolage ordinaire ? On eût trouvé les bureaux en désordre, la porte d'entrée fracturée, que sais-je ? Et ainsi les administrateurs de la S.S.S. n'eussent même pas été soupçonnés... Pauvre Canelle !

3

Le dossier n° 16

J'avais toute une pile de dossiers devant moi et je les feuilletais. Joseph Leborgne était étendu dans son fauteuil, devant le radiateur électrique. Il avait les yeux clos.

Comme je cessais un instant de tourner les pages, je l'entendis soupirer avec lassitude :

— Pas celui-là !

Je tressaillis. Je ripostai :

— Comment pouvez-vous savoir quel est le dossier que je viens d'ouvrir ?

— C'est le dossier 16... Je ne lui ai même pas donné d'autre titre !... Le papier bulle de la chemise est plus rugueux que le papier des autres chemises...

— Et pourquoi avez-vous dit : « Pas celui-là » ?

— Parce que c'est une affaire d'empoisonnement et qu'il n'existe rien de plus laid que ces affaires-là... Laid, vous entendez ! D'un morne à faire pleurer !... Et il en est ainsi de toutes les affaires d'empoisonnement... On dirait que cette arme est réservée à des cas spéciaux, à la fois tragiques et mesquins...

C'en était assez pour me décider à examiner le dossier, qui commençait par un extrait d'un journal de Fécamp. Est-ce le journal qui imposait le ton du récit ? Est-ce l'affaire ? Toujours est-il que cela avait l'accent pénible d'un roman populaire :

Un saleur de la ville empoisonné
Un drame horrible a mis hier en émoi la paisible population fécampoise.

La victime est en effet un habitant bien connu de la ville, un des principaux saleurs, qui employait plus de cent cinquante ouvriers et ouvrières.

Germain Paumelle, âgé de cinquante-deux ans, est d'autant plus connu à Fécamp qu'il y est né et qu'il a fait longtemps partie du Conseil municipal.

Ses magasins s'étendent le long des quais, mais il habitait personnellement une villa construite au flanc de la falaise d'amont.

C'est dans cette villa que le drame a eu lieu. Hier, vers neuf heures, des amis étaient réunis, comme chaque semaine, chez Germain Paumelle et faisaient une partie de cartes. Ils se tenaient dans le salon, cependant que les dames s'attardaient dans la salle à manger, où des bûches flambant dans une vaste cheminée rendaient l'atmosphère plus agréable.

Il y avait là plusieurs personnalités de la

ville, entre autres l'adjoint au maire et le juge de paix.

Paumelle était assez sombre, selon son habitude. En 1917, dans les Flandres, il avait reçu en effet un éclat d'obus à la tête et celui-ci avait pénétré de telle sorte à la base de la boîte crânienne que l'extraction avait été jugée impossible par les chirurgiens.

Depuis lors, Germain Paumelle souffrait de maux de tête presque perpétuels, ce qui n'était pas sans influencer son humeur.

A un certain moment, sans abandonner la partie, il porta à plusieurs reprises la main à son front et, appelant sa femme, il la pria de lui apporter de l'aspirine.

Il l'avala, diluée dans un verre d'eau, sans cesser de jouer ; mais, moins de cinq minutes plus tard, on le voyait se dresser brusquement, les yeux brillants, les lèvres tremblantes, et déclarer d'une voix haletante : « Elle m'a empoisonné... »

On imagine l'effet de cette accusation. Les invités crurent à un malaise passager. Mme Paumelle, très pâle, proposa d'aller chercher un médecin, mais il lui cria, de plus en plus agité : « Je te défends de t'enfuir, tu entends ! »

C'étaient les dernières paroles qu'il devait prononcer. Son visage était devenu livide et, quand il le touchait de ses doigts crispés, ceux-ci laissaient sur la peau des taches rougeâtres.

Paumelle respirait avec peine. Bientôt il se tordit littéralement de douleur. On voulut lui faire boire du lait, mais il brisa d'un geste rageur la tasse qu'on lui tendait.

Il tremblait, il gesticulait, la bouche ouverte, les yeux fous. Enfin, il roula sur le sol, où il continua à se tordre, en proie à d'horribles convulsions.

Son fils, pendant ce temps, avait averti le médecin le plus proche ; mais, quand celui-ci arriva, il était trop tard.

L'enquête commença aussitôt. Elle permit d'établir que la mort est due à l'absorption d'une forte dose de strychnine que Germain Paumelle a avalée en place d'aspirine.

Comme il faisait une grande consommation de cette dernière drogue mélangée à de la caféine, il en avait toujours chez lui une pleine boîte.

Il ne la prenait pas en cachets. Il préférait

diluer sa poudre dans un peu d'eau, comme il le fit ce soir-là.

L'aspirine était contenue dans de petits sachets qui contenaient chacun une dose de 50 centigrammes.

Or, le médecin, en examinant les sachets qui restaient dans la boîte, n'y trouva pas la moindre trace de strychnine.

Il est donc clair qu'un seul cachet de poison a été glissé dans l'étui. Et c'est celui-là que Paumelle a eu le malheur de choisir. Peut-être, d'ailleurs, était-il placé au-dessus des autres.

Un ménage d'après-guerre

L'enquête a révélé d'autres particularités, dont certaines étaient de notoriété publique à Fécamp.

Le ménage Paumelle était loin d'être un ménage uni. D'un premier mariage, Germain Paumelle avait eu un fils, Léon, qui est maintenant âgé de dix-huit ans.

Devenu veuf peu de temps avant la guerre, il s'était remarié au cours de celle-ci avec une femme de quinze ans plus jeune que lui. Et, dès l'armistice, la bonne entente cessa de régner.

Paumelle n'était plus l'homme joyeux et ardent qu'il avait été. A cause de sa blessure, sans doute, son caractère s'était modifié. Il était le plus souvent d'humeur sombre. Il se plaignait s'il entendait du bruit autour de lui et il a affirmé que les fréquents voyages qu'il devait faire pour ses affaires étaient pour lui un supplice, les heurts du train ou de l'auto provoquant dans sa tête d'insupportables douleurs.

Mme Paumelle, elle, est jeune, coquette, avide de plaisirs. Et, il y a trois ans environ, elle ne résista pas longtemps quand Edgard Dorchain, fils de l'armateur bien connu, lui fit une cour pressante. Elle devint sa maîtresse et le couple ne tarda pas à s'afficher.

Tout le monde était au courant de cette liaison, que Germain Paumelle ne pouvait ignorer. Plusieurs fois, des amis du ménage entendirent la jeune femme menacer son mari de partir avec Dorchain.

Paumelle devenait alors pourpre de colère ; mais il se contenait, baissait la tête.

« Je ne pourrais pas vivre sans elle ! » avouait-il à ses intimes.

On conçoit que le drame n'ait pas surpris ceux-ci. Edgard Dorchain, âgé seulement de vingt-cinq ans, n'avait qu'un désir : aller habiter Paris avec sa maîtresse.

Faut-il voir là l'explication de l'empoisonnement ?

La justice le croit, et c'est pourquoi Mme Paumelle, qui n'a pas été mise en état d'arrestation, a été néanmoins priée de se tenir à la disposition du juge d'instruction.

Quant à son amant, il sera interrogé ce matin.

— C'est tout ? demandai-je.

— Non ; j'ai les procès-verbaux des interrogatoires. Mais je ne vous conseille pas de les lire... En deux mots, Juliette Paumelle nie, Edgard Dorchain nie, Léon accuse sa belle-mère, et celle-ci l'accuse d'avoir voulu se venger d'elle...

— Et en fin de compte ?

— Attendez ! J'ai demandé des renseignements sur ce Léon. C'est un grand garçon malingre, sournois, sur qui doit peser quelque lourde hérédité, car sa mère est morte d'une carie des os... A seize ans, il est tombé amoureux de Juliette Paumelle...

— Il l'est encore ?

— Je n'en sais rien. Peu importe ! Elle jure en tout cas qu'elle ne lui a rien accordé. En outre, elle était déjà la maîtresse de Dorchain.

— Et celui-ci ?

— Un jeune homme très quelconque. Un fils à papa, qui n'était jamais aussi heureux que quand il pouvait afficher sa maîtresse à Rouen, où il l'emmenait en voiture.

— On a interrogé les pharmaciens ?

— Ceux de Fécamp, du Havre, de Rouen, de Dieppe, de toutes les localités environnantes. Rien.

— Paumelle était riche ?

— Pas loin d'un million...

J'étais à peine intrigué. J'étais comme pris d'un malaise devant cette histoire lugubre, devant ce vilain crime sans grandeur.

Je pensais à cette maison où vivaient des êtres que ne devait unir aucune intimité : Paumelle rongé par la maladie, sa femme avide d'une autre existence et Léon, enfin, qui avait été amoureux de sa belle-mère.

Tous niaient, bien entendu. Il n'y avait de preuve formelle contre personne, sinon l'accusation lancée par Paumelle lui-même : « Elle m'a empoisonné ! »

Joseph Leborgne avait toujours les yeux clos et il fumait lentement, en savourant sans doute la chaleur du radiateur.

— C'est étrange... murmura-t-il soudain.

— Qu'est-ce qui est étrange ?

— Qu'on se soit donné la peine de faire toute une enquête, d'interroger les pharmaciens, de mettre Juliette Paumelle, puis Dorchain en état d'arrestation. Car ils sont allés en prison, malgré leurs protestations...

— Et Léon ?

— On n'a pas osé. Mais je crois que cela n'a tenu qu'à un cheveu...

— Les amants ont été relâchés ?

Il changea la position de ses jambes, car la droite, exposée aux rayons du radiateur, devenait brûlante.

— J'ai envoyé ma carte de visite au juge.

— Et alors ?

— Il y a une copie de ce que j'ai écrit dans le dossier. Cherchez...

Sur la carte, je ne vis que trois lignes :

prie respectueusement M. le juge d'instruction
de lire l'article consacré à la strychnine par le
Larousse.

— Le Larousse, conclut Leborgne, indique
que la strychnine a un goût amer très prononcé
et se dissout très difficilement. Germain Paumelle avalait de quatre à cinq doses d'aspirine
par jour, et cela depuis dix ans... Vous croyez
qu'il ait pu se tromper ou qu'il ait pu avaler
plus d'une gorgée sans se rendre compte de
l'amertume ?

Avec un petit frisson nerveux, il ajouta :

— Il faut que l'amour ou la haine ait macéré
de longues années en vase clos pour inspirer
une vengeance pareille.

» Avaler une dose mortelle de poison, dans
sa chambre ou dans quelque pièce voisine, jouer
ensuite aux cartes, puis, au bon moment, appeler sa femme, l'accuser ensuite...

» Il est vrai qu'en se tuant, Germain Paumelle ne perdait pas grand-chose : le médecin

a déclaré qu'il n'en avait plus pour trois mois à vivre.

4

Le mort invraisemblable

Joseph Leborgne était dans ses bons jours. J'avais à peine retiré mon pardessus qu'il saisissait une photographie et, me la mettant sous le nez, s'écriait dans un argot inattendu :

— Ça, du moins, c'est du billard !

Je ne l'avais jamais vu aussi animé. Il ne s'aperçut même pas que j'avais gardé à la bouche la pipe qu'il me priait régulièrement d'éteindre.

Je lui pris la photographie des mains. Je questionnai :

— Il est mort ?

— Tout ce qu'il y a de plus mort ! Mort sur le coup ! Le temps de dire ouf...

La photo représentait un homme qui avait dû

être frappé alors qu'il était assis devant son bureau.

Ce bureau était quelconque. Un meuble fabriqué en série. Et les objets qui s'y trouvaient ne donnaient aucun renseignement sur la profession de son propriétaire.

Ces objets, au surplus, étaient en désordre, car le buste de l'homme était tombé en avant, avait heurté sans doute l'appareil téléphonique dont le cornet pendait à son fil au-dessus du sol.

Je ne voyais l'inconnu que de dos, et encore dans un violent raccourci. Mais je pouvais me rendre compte que les épaules étaient d'une largeur fort au-dessus de la moyenne.

— Où est la blessure ? questionnai-je. Il a été attaqué de face ?

Mais Leborgne sourit.

— S'il y avait une blessure l'affaire serait trop simple ! Il n'y en a pas ! Ou plutôt il n'y a que la contusion, avec légère éraflure, que le malheureux s'est faite à la tempe en heurtant l'appareil téléphonique.

— Une mort naturelle, alors ?

Joseph Leborgne ne me tendit pas, selon son habitude, un dossier plein de coupures de journaux et de notes manuscrites. Ce dossier, il le tenait à la main.

— Voici l'histoire en quelques mots :

» L'homme que vous apercevez sur cette photo s'appelle Edmond Dortu. Il a quarante-sept ans. Depuis cinq ans, il est installé à Langon où il habite une jolie maison au bord de la Garonne.

» Vous connaissez Langon ? Six mille habitants. Des vignerons pour la plupart. Une ville paisible, à cinquante kilomètres de Bordeaux.

» Au physique, vous en savez autant que moi sur Dortu. Un homme puissant, exceptionnellement charpenté. Un reporter qui le décrit en détail signale qu'il avait le visage couperosé, les yeux bleus et une cicatrice à l'arcade sourcilière droite.

» Dortu avait acheté la maison qu'il occupait, ainsi qu'un vignoble à Sainte-Croix-du-Mont, qui est exploité par un métayer.

» C'était, dans toute l'acception campagnarde du mot, le monsieur *à son aise*. Il faisait partie du Cercle des Vignerons, où il passait deux heures chaque soir. Il était d'humeur joviale. Et il avait un trotteur qu'il faisait courir sur les hippodromes de la région.

— C'est tout ?

— Attendez ! Il y a quelques mois, il fit la connaissance d'une demoiselle Pécheroux, âgée de trente ans et vivant seule, elle aussi, à Saint-Macaire, c'est-à-dire à deux kilomètres à peine de Langon, de l'autre côté du fleuve.

» D'abord on jasa. Puis on sut que c'était pour le bon motif qu'Edmond Dortu, délaissant le Cercle des Vignerons, passait le pont presque chaque soir.

» Enfin les bans furent publiés.

» Et le mariage devait avoir lieu le lendemain du crime...

— Du crime ? répétai-je en tressaillant.

— Le lendemain de la mort de Dortu, si vous préférez. Maintenant, il me reste à vous parler de la découverte du cadavre. Vous remarquerez que le récit que je vous fais est purement objectif. Je n'émets aucune appréciation. Je ne risque aucun commentaire.

» La maison d'Edmond Dortu est située un peu à l'écart des autres maisons de Langon. La route qui longe la Garonne passe devant la grille du jardin dont la construction est entourée de toutes parts.

» Ce matin-là donc, vers dix heures, des voisins virent une auto s'arrêter devant la grille et trois hommes en descendre. On n'y prit pas garde. Un pêcheur affirme seulement que deux des hommes étaient vêtus de gris, qu'ils portaient des casquettes enfoncées sur les yeux et que le troisième avait un chapeau de feutre noir.

» Des gamins jouaient à moins de dix mètres de la grille. Ils grimpèrent sur les marchepieds de la voiture que les voyageurs avaient abandonnée pour pénétrer dans le jardin. D'où ils se trouvaient, ils eussent fatalement entendu un bruit un peu fort : détonation, éclats de voix, etc.

» Or ils ont été questionnés en vain.

» Un quart d'heure plus tard, les trois hommes reprenaient place dans leur voiture et celle-ci s'élançait vers Bordeaux. Ils ne transportaient aucun colis volumineux.

» Ce n'est qu'à midi, c'est-à-dire plus d'une heure après, qu'on découvrit le crime. Le facteur, qui avait un pli recommandé à remettre à Edmond Dortu, poussa la grille, gagna le perron de la maison. Là, il appela en vain et, comme la porte était entrouverte, il entra dans le corridor.

» Il appela encore et c'est en s'avançant

machinalement de deux pas qu'il put plonger le regard par l'entrebâillement de la porte du bureau.

» Il aperçut le dos de Dortu. Il le crut endormi. Il s'approcha en plaisantant.

» Mais il recula devant la table en désordre, devant les gouttes de sang qui maculaient une feuille de papier et surtout devant les meubles fracturés.

» Dix minutes plus tard, tout Langon était là et la gendarmerie était impuissante à empêcher les curieux de pénétrer dans la pièce.

» L'après-midi, l'enquête ne devait pas révéler grand-chose. Le médecin déclara que l'égratignure à la tempe n'avait pu entraîner la mort et que d'autre part Edmond Dortu, malgré sa couperose et son embonpoint, n'avait pas été frappé d'apoplexie.

» Une femme de ménage vint affirmer qu'à neuf heures encore elle était dans la maison, comme chaque matin, car Dortu, qui n'avait pas de domestique, l'employait deux heures par jour. Il était en excellente santé et très gai. Il lui avait parlé de son mariage dans les termes les plus exaltés.

» Lorsqu'elle sortit, il se préparait à s'installer à son bureau où, avait-il dit, il avait des paperasses à mettre en ordre.

» Or, sur le bureau, on ne trouva que du papier blanc. Des documents avaient-ils été emportés par les trois hommes de l'auto ? Ceux-ci, en tout cas, avaient fouillé tous les meubles, y compris ceux de la chambre de Dortu, au premier étage.

» Toutes les valeurs avaient disparu. Et des bijoux que le fiancé avait achetés l'avant-veille à Bordeaux pour Mlle Pécheroux avaient subi le même sort.

Joseph Leborgne était ravi. Son visage, pâle à l'ordinaire, se colorait de rose aux pommettes.

— Maintenant, si vous y tenez, ajouta-t-il, lisez tout ça ! Il y a quarante-sept articles de journaux. Les feuilles de Bordeaux ont donné. Et les hypothèses sont innombrables...

» Un journaliste ayant remarqué dans le bureau une panoplie composée d'armes java-naises émit l'idée que Dortu avait peut-être suc-combé à une piqûre mystérieuse.

» On examina le corps dans ce sens et, à part quelques boutons d'acné et une coupure au pouce droit, on ne trouva rien d'anormal.

» On parla de poison. On parla même de serpent.

» Je crois que peu de cadavres ont eu l'honneur de préoccuper autant de médecins légistes que celui d'Edmond Dortu. Huit jours durant, à l'amphithéâtre de Lyon, il fut soumis aux expertises les plus minutieuses. On analysa le contenu de son estomac. On apprit ainsi que le matin de sa mort il n'avait bu que du lait et mangé qu'une tartine de miel.

» Pas une parcelle de poison ! Pas de poison dans son sang non plus, du moins, pas un des poisons que les réactifs communément employés sont capables de révéler.

» L'enquête judiciaire proprement dite ne fut pas plus fructueuse. Edmond Dortu était né dans la Drôme. Il était parti à Paris vers sa quinzième année. Il avait travaillé comme plombier et il avait fait son service militaire à Nancy.

» Il avait gagné ensuite les colonies.

» On le retrouvait quinze ans plus tard planteur à Java où, pris un beau jour par le mal du pays, il vendait ses biens et s'embarquait pour la France.

» Il avait deux cent mille francs en banque, sa maison et son vignoble.

» D'après le notaire, il ne devait garder chez lui que des titres, des bijoux et une somme d'argent relativement faible...

» Cette fois, c'est tout ! Ou plutôt non ! Un détail relevé dans le rapport d'un des médecins légistes : le cadavre portait une large cicatrice ronde sur le dos de la première phalange du médius droit. Cette cicatrice semblait dater de cinq ans environ.

» Il y a trois mois que l'affaire a éclaté. On n'a encore arrêté personne et je crois bien que la police cherche toujours...

— Mais vous ? m'étonnai-je.

— Ce n'est qu'hier que j'ai constitué ce dossier. Hier à midi exactement. Et, malgré toute ma diligence, je n'ai pu écrire au juge d'instruction qu'à deux heures. Il n'a peut-être pas encore reçu ma lettre...

Joseph Leborgne disait cela d'un petit ton négligent qui cachait mal son contentement.

— A vous ! acheva-t-il.

— Vous voulez que je résolve le problème ?

— Parbleu ! Je vous ai mâché la besogne. Et voilà un quart d'heure que vous avez cette photo devant les yeux... Mais on étouffe ici, avec votre sale pipe...

Il alla ouvrir la fenêtre. Il la referma aussitôt en s'apercevant qu'il gelait dehors.

— Eh bien ?

Je fus piqué au vif.

— Vous avez mis deux heures. J'en réclame autant...

— Soit, mais faites attention ! L'autre jour, vous n'avez pas su regarder un plan ! Aujourd'hui, vous ne saurez pas regarder une photographie... Vous ne remarquez rien ?... Rien ne vous crève donc les yeux ?...

— Il est mort, conclut Joseph Leborgne, d'un coup de téléphone !... Pas du coup qu'il a donné à l'appareil téléphonique !... Mais de la communication qu'il a reçue. Il n'y avait personne dans la maison... Le téléphone avec l'extérieur...

— Et les trois hommes ?

— Ils sont arrivés *après* ! Quand ils ont traversé le jardin, sans une hésitation, ils savaient que Dortu n'était plus dangereux...

— Je ne comprends pas.

— Autrement dit, Dortu est mort de peur !

Tout cela, remarquez-le, n'a été qu'hypothèse jusqu'au moment où, hier, je l'ai fait vérifier... C'est ainsi que j'ai appris qu'en effet la téléphoniste a appelé Edmond Dortu, qu'un abonné de Bordeaux demandait, quelques minutes après neuf heures...

» Qu'est-ce que son ou ses correspondants lui ont dit ? Je n'en sais rien. Ou plutôt je devine que c'est une phrase dans le genre de :

» — Mon vieux, tu es fait ! La police arrive.

» On n'espérait peut-être pas le tuer, mais on escomptait tout au moins son départ précipité... De la sorte, les cambrioleurs avaient le champ libre pour opérer...

» Quelque chose vous chiffonne encore ? La cause de la terreur de Dortu ?

» Supposez qu'avant de partir aux colonies ou bien là-bas, il ait fait partie d'une bande de malfaiteurs... La cicatrice au médius droit semble prouver qu'au moment de rentrer en France il a fait disparaître un tatouage... Un simple point bleu, sans doute, servant de signe de reconnaissance entre affiliés... En tout cas, on se blesse rarement à cet endroit... Essayez plutôt...

» Il s'installe donc à Langon... Un beau jour,

il est repéré... Remarquez qu'il évitait la grande ville et qu'il n'est allé qu'une seule fois à Bordeaux en cinq ans, pour acheter les bijoux de la future Mme Dortu...

» On l'a reconnu... On l'a suivi...

» Et voilà !...

Joseph Leborgne choisit un livre dans sa bibliothèque, me le tendit.

— Si vous voulez ne pas dormir cette nuit, lisez cet ouvrage sur la peur et sur la mort qu'elle peut provoquer...

— Je préfère dormir... balbutiai-je avec un sourire un peu honteux.

5

Le vol du lycée de B...

— Il faut croire que je vieillis ! dis-je à Joseph Leborgne. Car il n'y a que quand on se sent loin de la jeunesse qu'on est capable de s'attendrir sur un lycée ou sur une caserne...

Autrement dit, quand on est sûr de ne pas y retourner...

Je tenais à la main une carte postale qui représentait la façade du lycée de B..., une adorable petite ville du Midi. Cette façade, peinte en jaune clair, était toute bariolée de taches d'ombre et de soleil. Et le portier en calotte noire avait tenu à poser devant l'objectif.

— Dire que ceux qui vivent là-dedans ne comprennent pas leur bonheur !...

— Regardez les deux plans joints au dossier, me conseilla-t-il, et vous allez rêver que vous êtes encore un petit garçon à qui on s'obstine à faire entrer les déclinaisons latines dans la tête. Voyez cette cour centrale plantée de platanes... Et cette voûte qui s'ouvre sur l'éblouissement du jardin... Les fenêtres des classes et des salles d'étude dominent une partie de la vallée du Rhône... Celles du laboratoire permettent de voir la place de l'Eglise, où les gens jouent aux boules...

— Un crime s'est commis dans ce petit paradis ?

— Pas un crime, mais un cambriolage...

— Il y avait donc de fortes sommes à voler ?

— Deux mille trois cent quatre-vingts francs vingt-cinq centimes exactement.

Je crus que Leborgne plaisantait. Il avait énoncé la somme avec emphase.

— Et vous vous inquiétez de ces deux mille et je ne sais combien de francs et de centimes ? m'étonnai-je.

— C'est passionnant comme tout. Au surplus, un homme a failli en mourir...

Il cueillit une coupure de journal qu'il me mit sous les yeux. Et je frémis. Le titre, à lui seul, était impressionnant.

Une affaire scandaleuse risque de ruiner le prestige de notre lycée

Voici d'ailleurs le texte de l'article :

La gendarmerie s'occupe actuellement d'une grave affaire que pendant une semaine on a cru nécessaire, pour le bon renom de notre ville, de tenir secrète.

Un vol, ni plus ni moins, a été commis au lycée, dans le bureau même du recteur, l'honorable M. Grosclaude, dont le gouvernement a récemment reconnu les éminentes qualités en lui octroyant le ruban rouge.

Une somme de 2 380 francs 25, qui devait servir à payer diverses factures, entre autres celle du boucher, a disparu dans des circonstances mystérieuses qui écartent toute idée d'un cambriolage vulgaire.

Cette somme se trouvait dans un tiroir du bureau de M. Grosclaude. Ce tiroir était fermé à clef.

Or, la serrure n'a pas été fracturée, ni le tiroir forcé. La clef existe en un seul exemplaire, qui était, la nuit du vol, dans la poche d'un vêtement du recteur posé sur une chaise, à la tête de son lit.

Une enquête discrète a été faite tout d'abord. Elle a abouti, hélas ! à la certitude que le vol a été commis par un familier des lieux.

Le portier, interrogé, a affirmé que personne n'avait pu pénétrer à son insu dans les locaux la nuit du vol.

D'autre part, Mlle Elise Grosclaude, dont la chambre se trouve juste au-dessus du bureau de son père, n'a rien entendu.

Le champ des recherches est extrêmement limité.

Il a fallu se résigner à soupçonner des personnes qui, sans appartenir à l'enseignement proprement dit, n'en font pas moins partie du personnel du lycée.

La discrétion la plus absolue nous est demandée.

Nous tenons pourtant à déclarer que le personnage sur qui pèsent les plus lourdes charges et qui est peut-être arrêté à l'heure où nous écrivons ces lignes n'est pas, heureusement, de notre ville, ce qui sera un soulagement pour nos lecteurs.

Déjà, d'ailleurs, il s'était signalé par des attitudes qui lui ont valu l'antipathie de nos concitoyens et qui eussent dû faire prévoir le pénible événement dont le lycée vient d'être le théâtre.

Joseph Leborgne lisait par-dessus mon épaule.

— On ne fait pas mieux dans le genre ! dit-il. Car ce journal discret désigne la seule et unique personne qui, appartenant au personnel du lycée, est étrangère à la ville. Il s'agit du surveillant Henry Majorel, âgé de vingt-trois ans, licencié ès lettres et collaborateur de quelques revues littéraires d'avant-garde...

» J'ai eu sa photographie sous les yeux ; je n'ai pas pu la conserver.

» Un Petit Chose assez différent d'aspect de celui d'Alphonse Daudet, je crois tout à fait semblable par le fond.

» Ce Majorel mesure un mètre quatre-vingts. Il a un visage sanguin, piqueté de taches de rousseur, qui proclame son origine paysanne. Ses cheveux roux refusent de garder le pli que leur donne chaque matin le peigne.

» Un air gauche, timide, rêveur et exalté tout ensemble...

» Comme je vous l'ai déjà dit, Majorel collaborait à des revues d'avant-garde, mais il ne dédaignait pas les travaux plus prosaïques et il envoyait des articles, des contes, des fantaisies à tous les journaux de Paris.

» Dans sa lettre d'envoi, il affirmait : *Je me sens fait pour le grand reportage et, si vous voulez me faire confiance, je suis prêt à quitter le modeste emploi que j'occupe et à me présenter à vos bureaux...*

» Il recevait des réponses flatteuses, mais

négatives. Parfois même il ne recevait pas de réponse du tout.

» C'est à peu près tout ce que je sais de lui...

— On l'a arrêté ?

— C'est-à-dire qu'on l'a prié tout d'abord de ne plus sortir de l'établissement et qu'on lui a même donné un remplaçant, le jeudi, pour surveiller la promenade des élèves.

— Il nie ?

— Avec acharnement ! Mais le recteur a trouvé dans sa chambre, parmi des plaquettes de vers, plusieurs ouvrages de Gross et de Reiss sur les méthodes de police scientifique.

» Un domestique des cuisines affirma en outre que souvent, le soir, le pion faisait à sa fenêtre des signaux lumineux avec une lampe électrique de poche. Enfin il y eut le témoignage d'un élève, et ce témoignage fut considéré comme écrasant.

» A la récréation, comme cela se fait partout, le surveillant était presque toujours entouré d'un groupe d'enfants avec qui il s'entretenait presque toujours assez familièrement.

» Or, quelques jours avant le vol, Henry Majorel, qui avait un volume de Gross sous le bras, le *Manuel de technique policière*, expliqua à ses jeunes compagnons que la police possède aujourd'hui des moyens scientifiques de découvrir un criminel.

» Il ajouta imprudemment :

» — N'empêche que je me fais fort de déjouer toutes ses ruses ! Il suffit pour cela de connaître ses méthodes !

Joseph Leborgne alluma une cigarette, jeta un coup d'œil sur les deux plans.

— Vous voyez d'ici cet hurluberlu ? poursuivit-il. Bien entendu, après cela, personne ne douta plus. Seulement, on ne voulait pas agir sans une preuve matérielle. Et surtout on espérait mettre la main sur l'argent volé, que Majorel n'avait certainement pas pu cacher bien loin.

» Enfin on ne pouvait toujours pas expliquer comment le vol avait été commis, c'est-à-dire comment les deux mille et quelques francs avaient été extraits du tiroir sans que celui-ci fût ouvert.

» La gendarmerie, par principe, arrêtait tous les vagabonds et leur faisait subir un interrogatoire serré.

» Le recteur ne mangeait plus et prenait l'habitude de regarder les gens en dessous, comme on dit, c'est-à-dire en baissant un peu la tête.

» Sa femme le suppliait de faire une fois pour toutes son rapport au ministère et de ne plus s'occuper de cette affaire.

» A la récréation, les élèves ne jouaient plus et formaient des groupes où l'on discutait passionnément de police, de traces de pas, d'escalade et d'effraction.

» Quant à Henry Majorel, il vivait en quelque sorte isolé au milieu de cette agitation. Dans les classes, au réfectoire ou dans la cour, il se tenait debout dans son coin, l'air morne, désespéré.

» On ne l'avait jamais aimé à B..., où on lui reprochait ses cravates lavallière et ses chapeaux noirs à large bord.

» Peut-être les hommes lui reprochaient-ils surtout d'être regardé avec trop de sympathie émue par les femmes et les jeunes filles ?

» Est-ce le grand chapeau qui intéressait celles-ci ? Ou la poésie de Majorel ? Toujours est-il qu'il avait un succès considérable dont, d'ailleurs, il n'avait jamais tenté de profiter.

» Huit jours après le vol, exactement, on retrouva un billet de mille francs au pied d'un des platanes de la cour.

» Le mistral avait soufflé. Le sol était couvert de feuilles. Mais M. Grosclaude n'en affirma pas moins que le billet de banque avait été mis à cette place par le voleur effrayé et désireux de se débarrasser d'une somme compromettante.

» Il attendit même, le lendemain, la suite de la restitution. Il fit à plusieurs reprises le tour de la cour, examinant avec soin le pied de chaque platane.

» Ce fut en vain. Et c'est pourquoi, le soir, le recteur fit appeler Henry Majorel dans son bureau, où il lui signifia que si les 1 380 francs 25 centimes que le voleur avait gardés pardevers lui n'étaient pas restitués le lendemain à midi, le surveillant serait livré à la Justice.

» Majorel en devint blanc comme linge. Il fut incapable de parler. Il rentra dans sa chambre et il y était à peine enfermé que le directeur recevait une lettre de Paris.

» J'en ai une copie, car c'est moi qui l'ai écrite.

» Un hasard ! J'avais reçu des figues du Midi enveloppées dans un journal, celui dont vous avez lu le premier article. Cette affaire reposante m'avait amusé...

» Mais je suis sûr que vous n'avez pas

besoin de lire cette lettre pour tout com-
prendre...

Je haussai les épaules. Je jugeai tout à fait
superflu de patauger, pour la plus grande jubi-
lation de Joseph Leborgne.

Je lus :

Monsieur le Recteur,

*Je vous prie respectueusement de bien vou-
loir retirer le tiroir supérieur de votre bureau
qui, je pense, ne possède pas de serrure, et qui
ne doit par conséquent contenir que des papiers
sans importance.*

*Veuillez glisser ensuite votre bras par l'ou-
verture et essayer d'atteindre le fond du second
tiroir, beaucoup plus profond et fermé à clef,
où se trouvait la somme volée.*

*C'est ainsi, en effet, que le vol a été com-
mis.*

*Vous vous rendrez compte qu'un bras d'en-
fant de moins de quinze ans a seul pu toucher
le fond du second tiroir.*

*Votre surveillant n'a commis que l'impru-
dence de défier vos petits pensionnaires en leur*

vantant son flair de policier. Ils ont relevé le gant.

Et je suis sûr que si vous les priez de grimper aux arbres ils vous ramèneront les billets qu'ils y ont mis et qui doivent encore se trouver entre les branches.

Croyez, Monsieur le Recteur, à ma plus haute considération.

— Evidemment, dis-je. Mais les signaux lumineux ?

— Cherchez d'où on peut les apercevoir le plus distinctement. De la chambre de Mlle Grosclaude, n'est-ce pas ? Avouez que cela n'aurait pas été gentil de ma part de mettre le recteur aux trousses des amoureux...

» Surtout que Majorel a bien mérité quelques compensations. Ma lettre est arrivée juste à temps. Quand le recteur, après l'avoir lue, s'est précipité dans la chambre du surveillant, celui-ci était occupé à suspendre un énorme couteau à découper par un fil, au-dessus de son lit.

» Il a déclaré, d'après Reiss, que le fil eût mis trois heures vingt à se briser.

6

Le dénommé Popaul

Je regardai avec effarement les bouts de papier contenus dans une des chemises, puis je me tournai vers Joseph Leborgne et déclarai, persuadé qu'il avait voulu me pousser une colle :

— Ça ne prend pas !

— Qu'est-ce qui ne prend pas ?

— Ce n'est jamais là le dossier d'une affaire criminelle.

— Je n'ai pas parlé de crime. Mais il ne s'agit pas moins d'une affaire qui a fait plus de bruit que bien des assassinats et qui a jeté la perturbation dans tout le département du Cher.

Je haussai les épaules et lus à haute voix :

— *Vous mériteriez, madame, que je vous tire les oreilles. Popaul.*

Je passai à un autre billet :

— *Tu n'es pas honteux, gros cochon, de prendre du soixante pour cent ? Popaul.*

Un autre :

— *Et puis après ? Qu'elle crève, la vache ! Popaul.*

Un autre encore :

— *Et si j'y allais, moi aussi ? Popaul.*

J'étais ahuri. Leborgne riait.

— Un mot d'explication, dit-il. Ces messages ont été relevés dans des lettres reçues par des personnes du département du Cher. Ils sont tous formés de lettres découpées dans des journaux. Le premier texte, par exemple, accompagnait la lettre d'une femme mariée donnant un rendez-vous à son amant. Le second servait de commentaire à une lettre d'affaires. Le troisième s'étalait sous la signature d'un fermier qui se plaignait à un vétérinaire que sa vache allait crever, malgré les soins de celui-ci. Le dernier, enfin, soulignait la signature d'un jeune homme qui donnait rendez-vous à sa fiancée, derrière l'église.

Je ne comprenais pas très bien. Leborgne, installé devant un pot de confiture chinoise, poursuivit :

— Une des histoires les plus amusantes dont

je me sois occupé. Pendant deux mois, toutes les lettres déposées à D..., gros bourg proche de Saint-Amand, n'arrivèrent à leur destinataire qu'avec vingt-quatre heures de retard. Et toutes portaient à l'intérieur, sur la lettre même, une mention facétieuse ou menaçante. Car il y avait des menaces. Entre autres :

» *Si tu continues à vendre ton lait trente sous, j'irai te tirer la nuit par les pieds. Popaul.*

Je me mis à rire.

— C'est invraisemblable ! dis-je. Ou alors le service postal est étrangement fait dans ce village !

— Il est fait comme partout ailleurs. La receveuse est une nommée Irma Planquet, âgée de trente-neuf ans, célibataire, et appartenant à l'administration depuis treize ans. Elle est secondée par un facteur, Jules Boucheron, cinquante-six ans, marié, père de huit enfants, médaillé pour trente années de bons et loyaux services. Enfin, un gamin de quinze ans, Albert Bidier, dit Bébert, se charge, moyennant une légère rétribution, de porter les télégrammes. Il n'a qu'un seul client, ou à peu près, le comte de Bonlieu, qui habite un château à trois kilomètres du village et qui reçoit en moyenne deux ou trois dépêches par jour.

— Et où les lettres sont-elles déposées ?

— Dans une boîte postale installée à l'extérieur du bureau, contre le mur de celui-ci.

— Il n'y a pas d'autre boîte à D... ?

— C'est la seule.

— Et toutes les lettres sont décachetées ?

— Pas toutes ; mais la plupart. Et toujours les plus intéressantes, les lettres d'amour en particulier. C'est ce qui explique qu'on soit resté si longtemps sans porter plainte.

— Et on n'y relève aucune trace ?

— Aucune ! Les enveloppes arrivent intactes, ce qui n'empêche pas qu'à l'intérieur on trouve une phrase quelconque signée Popaul, et toujours composée à l'aide de lettres ou de mots découpés dans des journaux.

— Comment le courrier quitte-t-il D... ?

— Les lettres sont enfermées dans un sac plombé que l'autobus, qui fait aussi le service des voyageurs et des messageries, se charge de transporter à Saint-Amand. Les plombs sont toujours intacts. Au surplus, huit jours consécutifs, le garde champêtre a convoyé les sacs jusqu'à la ville. Et les lettres n'en étaient pas moins surchargées.

J'avoue que j'étais ébaubi. Au point que je me mis à poser des questions à tout hasard, sans aucun plan préconçu :

— La receveuse a-t-elle un amant ?

— Elle est laide et passe pour une vertu farouche.

— A-t-elle une domestique ?

— Elle fait son ménage elle-même.

— Le bureau de poste est-il séparé en deux par des guichets, comme cela se fait d'habitude ?

— Il est tout ce qu'il y a de plus traditionnel. Le facteur et Bébert sont seuls admis côté administration.

— A quoi ressemble ce Bébert ?

— Un petit paysan en sabots, qui a refusé d'apprendre à rouler à bicyclette, bien qu'il eût porté ses dépêches trois fois plus vite.

— Et sa famille ?

— Son père est journalier. Sa mère s'occupe du ménage et de ses six enfants, dont il est l'aîné.

J'avais chaud ; mais je ne voulais pas laisser voir que je nageais.

— Quelles sont les maisons voisines du bureau de poste ?

— Il n'y en a pas. Le bureau borde la grand-route, à cent mètres du village. A sa gauche, s'étale un jardin que cultive la receveuse. A droite, un terrain vague.

— Et en face ?

— Une seule maison, habitée par M. Oscar Marinier, soixante-deux ans, rentier, célibataire.

— Qui vit seul aussi ?

— Avec sa sœur, qui a presque le même âge que lui.

— Ils sont du village ?

— Ils y sont nés. Mlle Marinier y a toujours vécu. Mais son frère a tenu longtemps une épicerie à Moulins. Il en est resté propriétaire et sa manie est de continuer à diriger sa maison par correspondance. Il écrit cinq lettres par jour au gérant...

— Et ses lettres sont ouvertes aussi ?

— Comme les autres.

Je m'épongeai et je regardai haineusement le radiateur électrique, vers lequel Leborgne tendait ses mains blanches.

— L'interrogatoire est fini ? questionna-t-il.

— Pas encore ! Existe-t-il des relations entre ce Marinier et la receveuse ?

— Plutôt tendres ! En ce sens que M. Marinier la dérange sans cesse, tantôt pour un timbre de cinq sous, tantôt pour faire peser un imprimé, tantôt pour une lettre recommandée. Elle affirme que c'est un maniaque et il juge que c'est une vieille fille insupportable.

— Et Mlle Marinier ?

— C'est la meilleure amie d'Irma Planquet. Elles se prêtent mutuellement des modèles de broderie.

— Le comte de Bonlieu ?

— On ne le voit jamais au village, qu'il se contente de traverser en auto. C'est son secrétaire qui apporte le courrier à poster.

— Ce courrier est ouvert ?

— Bien entendu !

— Et jamais une enveloppe n'est déchirée, ou déformée par la vapeur, par exemple ?

Joseph Leborgne sourit, et trancha :

— Jamais !

— En somme, les lettres ne peuvent être interceptées après qu'elles sont tombées dans la boîte ?

— C'est rigoureusement impossible.

— Et personne n'est visé spécialement ?

— Je répète que l'inconnu semble avoir un faible pour les lettres d'amour.

— Jamais de mentions ordurières ou immorales ?

— Au grand jamais ! Le texte le plus libre est celui qui figure au bas de la lettre d'un homme marié poursuivant de ses assiduités une petite ouvrière de Saint-Amand. L'inconnu a écrit : *Tu es un petit saligaud. Popaul.*

— A-t-on pu déterminer dans quel journal sont découpées les lettres qui servent à constituer ces textes ?

— Dans les deux quotidiens de Saint-Amand, que tout le monde reçoit à D...

J'eus soudain une idée. Je m'écriai :

— Le courrier qui *part* de D... est-il le seul à être décacheté ? Autrement dit, celui que les habitants reçoivent du dehors l'est-il également ?

— Jamais !

Je fus désappointé. Mais je voulais aller jusqu'au bout.

— Le comte de Bonlieu est-il marié ?

— Il est en instance de divorce.

— Où sa femme habite-t-elle ?

— A Paris.

— Le divorce est demandé contre elle ?

— Contre le comte qui a été surpris dans la chambre d'une jeune domestique.

— Et les lettres ayant trait à cette affaire sont ouvertes ?

Joseph Leborgne commençait à se lasser. Il soupira :

— Comme les autres.

Puis, comme s'il voulait me tendre la perche, il articula :

— Je vous rappelle que toutes les lettres écrites par des habitants de D... arrivent à destination avec vingt-quatre heures de retard.

— Je m'en souviens, que diable ! ripostai-je.

C'était crispant. Car, en définitive, l'affaire devait être d'une simplicité enfantine. Il n'y a pas cent personnes dans un village qui soient à même d'ouvrir la correspondance jetée dans la boîte postale, de la décacheter sans laisser de trace, pour le simple plaisir d'ajouter une remarque plus ou moins drôle et de signer *Popaul*.

Je crus très fort de questionner :

— Et il n'y a jamais de fautes d'ortho-graphe ?

— Rarement !

Cette fois, je ne voulais pas demander à Leborgne la solution du problème. Je mettais un point d'honneur à la découvrir par mes propres moyens.

J'allais et venais toujours à travers la chambre.

— Cela ne vous ferait rien de ne pas agiter l'air comme cela ? murmura-t-il.

Je le regardai férocement.

— Mais, sacrebleu, il faut pourtant bien qu'il y ait une fuite entre la boîte postale de D... et les destinataires ! grondai-je.

Et il mit sciemment le comble à ma rage en disant gentiment :

— Même pas !...

Joseph Leborgne avait posé deux petits objets devant moi.

— Ceci est une *crémaillère*, expliqua-t-il. C'est le nom que les malfaiteurs donnent à cette bande de tôle repliée sur elle-même et reliée à deux fils de fer. Il suffit de laisser glisser la *cré-maillère* dans une boîte aux lettres quelconque en accrochant légèrement le bout des fils de fer au rebord. Les lettres s'arrêteront sur la tôle. Et, en retirant celle-ci, on retirera en même temps la correspondance déposée... C'est aussi simple que d'ouvrir la boîte avec une fausse clef.

» Quant à ce gros fil de fer, c'est un *tire-bleu*. Il est fendu en deux sur les deux tiers de sa longueur. On l'introduit dans une enveloppe par le coin où généralement il n'y a pas de colle. La lettre est pincée dans la fente et il suffit de tourner délicatement le fil de fer sur lui-même pour enrouler la lettre comme le couvercle d'une boîte à sardines.

» L'opération inverse remet la lettre en place... Vous n'avez pas remarqué que les lettres que je vous ai montrées ont été ainsi enroulées ?

Il conclut :

— Irma Planquet n'eût pas eu besoin de *crémaillère* et elle eût ouvert indifféremment toutes les lettres, celles qui partaient de D... et celles qui y arrivaient. Même remarque pour le facteur et le porteur de dépêches.

» Restait Oscar Marinier... Car il était nécessaire que l'amateur de correspondances pût surveiller les allées et venues autour du bureau de poste sans être remarqué. Il voyait les gens apporter leur courrier : il lui suffisait de traverser la route, sous prétexte de poster lui-même une lettre...

» Il en avait ensuite pour des heures de travail et de plaisir ! Ses journées étaient bien remplies.

» Et il était heureux ! Car, voyez-vous, un homme qui a travaillé toute sa vie se résigne difficilement à ne rien faire...

7

Le pavillon de la Croix-Rousse

Je n'avais jamais vu Joseph Leborgne travailler et j'eus un mouvement de recul quand j'entrai chez lui ce jour-là.

Ses cheveux blonds, généralement pommadés, étaient en désordre. Et, comme la brillantine les rendait raides, ils se dressaient sur sa tête.

Quant à son visage, il était pâle, tiré. Et les traits étaient agités par des tics nerveux.

Il me lança un regard hargneux et je fus sur le point de sortir. Mais, comme je le voyais penché sur un plan, la curiosité fut la plus forte. Je m'avançai jusqu'au milieu de la chambre. Je me débarrassai de mon chapeau et de mon manteau.

— Vous tombez bien, vous ! gronda-t-il alors.

Ce n'était pas encourageant. Je balbutiai :

— Une belle affaire ?

— Vous pouvez le dire ! Regardez ce papier-là...

— C'est le plan d'une villa, ou plutôt d'un pavillon ?...

— Vous êtes subtil ! Un enfant de quatre ans l'aurait deviné. Vous connaissez le quartier de la Croix-Rousse, à Lyon ?

— J'y suis passé.

— Bon ! Le pavillon se dresse dans un des coins les plus déserts de ce quartier, qui ne brille déjà pas par l'animation de ses rues.

— Que représentent ces croix noires, dans le jardin et sur la route ?

— Des agents.

— Hein ! Ils ont été tués ?

— Qui vous parle de cela ? Les croix représentent des agents qui étaient en faction à ces différents endroits pendant la nuit du 8 au 9... La croix plus épaisse que les autres figure, elle, le brigadier Manchard...

Je n'osais plus prononcer une parole ni faire un mouvement. Je sentais qu'il valait mieux ne plus interrompre Leborgne, qui avait pour le plan les mêmes regards furieux que pour moi.

— Eh bien, vous ne me demandez pas pourquoi les agents étaient là, au nombre de six, pendant la nuit du 8 au 9 ? Vous allez peut-être prétendre que vous l'avez deviné ?

Je me tus.

— Ils étaient là parce que la police de Lyon avait reçu la veille le billet suivant : *Le docteur Luigi Ceccioni sera assassiné*, *en son domicile*, *dans la nuit du 8 au 9 courant.*

— Et le docteur avait été averti ? demandai-je enfin.

— Non ! Comme Ceccioni était un exilé italien et comme il semblait plus que probable

78

qu'on se trouvait en présence d'une affaire politique, la police a préféré prendre ses dispositions sans prévenir l'intéressé.

— Et il a été tué quand même ?

— Attendez ! Le docteur Ceccioni, âgé de cinquante ans, habitait seul ce pavillon lamentable. Il faisait lui-même son ménage et il prenait un repas par jour, celui du soir, dans un restaurant italien du quartier. Le 8, vers dix-neuf heures, il a quitté son domicile, comme d'habitude, pour se rendre au restaurant. Et le brigadier Manchard, un des meilleurs policiers de France, élève, par surcroît, du docteur Locard, a visité le pavillon de la cave au grenier. Il a acquis la certitude que personne ne s'y cachait et qu'il était impossible d'y entrer autrement que par les portes et les fenêtres visibles de l'extérieur. Donc, pas de souterrain ni de fantaisie de ce genre. Pas de roman... Vous entendez ?

Et Leborgne semblait m'accuser de faire de la fantaisie, alors que je me gardais bien d'émettre la moindre opinion.

— Personne dans le pavillon ! Et rien que deux portes et trois fenêtres à garder ! Un autre que le brigadier Manchard se fût contenté de monter la garde en compagnie d'un seul agent. Il en a mobilisé cinq, un par issue, et il est resté lui-même sur les lieux. A vingt et une heures, la silhouette du docteur s'est profilée dans la rue. Il est rentré chez lui, *absolument seul*. Une lampe du premier étage, où il avait sa chambre, n'a pas tardé à s'éclairer. Et dès lors la veille des policiers a commencé. Pas un n'a dormi ! Pas un n'a quitté son poste ! Pas un n'a perdu de vue le point précis qu'il était chargé de surveiller ! Manchard faisait des rondes de quart d'heure en quart d'heure. Vers trois heures du matin, la lampe à pétrole du premier étage a fini par s'éteindre lentement, comme si elle eût manqué de combustible. Le brigadier a hésité. Il a fini par se décider à entrer, en se servant d'un rossignol. Au premier étage, dans sa chambre, assis sur le bord de son lit, ou plutôt à demi couché, les deux mains crispées sur la poitrine, le docteur Luigi Ceccioni était mort ! Il était tout habillé. Il avait encore son manteau sur le dos. Son chapeau avait roulé par terre. Sa chemise et ses vêtements étaient imbibés de sang et ses mains en étaient inondées. Il avait reçu une balle de browning 6 mm à moins d'un centimètre au-dessus du cœur.

Je regardai Joseph Leborgne avec stupeur. Je vis sa lèvre frémir.

— Personne n'est entré ! Personne n'est sorti ! gronda-t-il. J'en réponds comme si j'avais monté la garde moi-même, car je connais le brigadier Manchard. Et n'allez pas penser qu'on ait trouvé un revolver dans la maison. *Il n'y en avait pas !* Ni visible, ni caché ! ni dans la cheminée, ni même dans l'égout, qui fut vidé ! Ni dans le jardin, ni nulle part !... Autrement dit, une balle a été tirée dans un local où il n'y avait personne d'autre que la victime et où ne se trouvait aucune arme ! Quant aux fenêtres, elles étaient closes. La balle n'a pas été tirée du dehors, car elle eût brisé les vitres. Au surplus, la portée d'un revolver n'est pas suffisante pour que l'assassin ait pu tirer par-dessus le cordon d'agents sans que ceux-ci fussent alertés. Regardez le plan ! Dévorez-le des yeux ! Et vous rendrez la vie à ce pauvre brigadier Manchard, qui ne dort plus et qui se considère presque comme un assassin.

Je risquai timidement :

— Que savez-vous de Ceccioni ?

— Qu'il a été riche jadis. Qu'il a très peu exercé la médecine, mais que, par contre, il s'est beaucoup occupé de politique, ce qui l'a forcé à s'exiler.

— Marié ? Célibataire ?

— Veuf. Un seul enfant, un fils, qui fait actuellement ses études en Argentine.

— De quoi vivait-il à Lyon ?

— De tout et de rien. De vagues subsides qu'il recevait de ses amis politiques. De consultations qu'il donnait parfois aux plus pauvres gens de la colonie italienne.

— On a volé quelque chose dans le pavillon ?

— Il n'y a aucune trace de vol.

Je ne sais pourquoi, j'eus à ce moment envie de rire. Il me sembla soudain que quelque mystificateur d'envergure s'était amusé à préparer à Joseph Leborgne une affaire invraisemblable, afin de lui donner une leçon de modestie.

Il remarqua que mes lèvres s'allongeaient. Et, saisissant le plan, il alla s'enfoncer avec rage dans son fauteuil.

— Quand vous aurez trouvé quelque chose, vous me le direz ! grogna-t-il encore.

— Je ne trouverai certainement rien avant vous !

— Merci ! laissa-t-il tomber sèchement.

Je commençai à bourrer ma pipe. Je l'allumai, sans craindre la colère de mon compagnon, puisque aussi bien elle était déjà au paroxysme.

— Je vous demanderai seulement de rester tranquille et de respirer moins fort, articula-t-il encore.

Dix minutes exactement s'écoulèrent, aussi désagréables que possible. Malgré moi, j'évoquais les croix noires qui, sur le plan, figuraient des agents.

Et l'invraisemblance de cette histoire, qui m'avait d'abord fait rire, commençait à m'angoisser.

En somme, il ne s'agissait pas, en l'occurrence, de psychologie ni de flair, mais de géométrie.

— Ce Ceccioni n'a jamais servi de médium à un hypnotiseur ? questionnai-je soudain.

Joseph Leborgne ne se donna pas la peine de répondre.

— Ses ennemis politiques sont nombreux à Lyon ?

Il haussa les épaules.

— Et il est prouvé que son fils est bien en Argentine ?

Cette fois, il se contenta de me retirer la pipe de la bouche et de la jeter sur la cheminée.

— Vous avez le nom de chacun des agents ?

Il me tendit une feuille de papier sur laquelle je lus : *Jérôme Pallois, vingt-huit ans, marié ; Jean-Joseph Stockman, trente et un ans, célibataire ; Armand Dubois, vingt-six ans, marié ; Hubert Trajanu, quarante-trois ans, divorcé ; Germain Garros, trente-deux ans, marié.*

Je relus trois fois ces lignes. Les noms étaient dans l'ordre dans lequel les agents étaient disposés autour de l'immeuble, en commençant par la sentinelle de gauche.

Je finis par m'écrier, sentant que j'étais prêt aux suppositions les plus loufoques :

— C'est impossible !

Et je regardai Joseph Leborgne. Je fus stupéfait de m'apercevoir que celui-ci, blême, les paupières cernées, les lèvres amères un instant plus tôt, se dirigeait en souriant vers un pot de confiture.

En passant devant le miroir, il vit son image, parut scandalisé par le pli incongru que ses cheveux avaient pris. Il les peigna avec soin. Il rectifia le nœud de sa cravate.

C'était de nouveau le Joseph Leborgne habituel, et, tout en cherchant une cuiller pour déguster son horrible confiture de feuilles de je ne sais quoi, il m'adressa un sourire sarcastique :

— Comme la vérité serait toujours facile à découvrir si des idées préconçues ne vous faussaient pas le jugement ! soupira-t-il. Vous venez de dire : « C'est impossible !... » Eh bien...

J'attendais la contradiction. J'y étais résigné.

— Eh bien, c'est impossible, en effet ! Et voilà ce qu'il suffisait d'admettre dès le début. On n'a pas tiré dans le pavillon ! Il n'y avait pas de revolver, ni d'assassin dans la chambre !

— Mais alors ?...

— Alors, Luigi Ceccioni est arrivé avec sa balle dans la poitrine, tout simplement. Cette balle, j'ai tout lieu de croire qu'il l'a tirée lui-même... Il était médecin... Il savait où il devait viser pour ne pas provoquer une mort brutale, mais pour se permettre de marcher encore pendant un certain temps.

Joseph Leborgne ferma les yeux.

— Tenez ! Imaginez le pauvre homme sans espoir... Il n'a qu'un fils... Celui-ci étudie, mais son père ne peut plus lui envoyer de l'argent...

Ceccioni contracte une assurance sur la vie au profit de l'enfant... Il faut maintenant qu'il meure... Et cela sans qu'on puisse le soupçonner de suicide, sinon la compagnie ne paierait pas...

» Il convoque en quelque sorte la police...

» Celle-ci le voit rentrer chez lui où il n'y a pas d'arme *et l'y trouve mort quelques heures plus tard...*

» Il lui a suffi, une fois assis au bord de son lit, de masser sa poitrine, afin de faire pénétrer la balle plus profondément, de lui faire toucher le cœur...

J'eus un involontaire cri d'angoisse. Mais Leborgne ne bougeait plus. Il ne s'inquiétait plus de moi.

Ce n'est que huit jours plus tard qu'il me montra un télégramme du brigadier Manchard.

Autopsie révèle ecchymoses autour blessure et traces pression des doigts. Stop. Vous prie instamment me donner votre avis.

— Vous avez répondu ?

Il me fixa d'un air réprobateur. Et il conclut :

— Pas la peine que ce pauvre homme soit

mort pour rien ! La compagnie d'assurances est au capital de quatre cents millions !

8

La cheminée du Lorraine

Ce matin, l'équipage du vapeur *Lorraine*, appartenant aux Ponts et Chaussées, qui devait effectuer comme chaque mois des sondages à l'embouchure de la Seine, a été épouvanté par une horrible découverte qui a mis tout le port de Rouen en émoi.

Le chauffeur avait allumé ses feux depuis quelques minutes quand il fut intrigué par d'étranges refoulements de fumée, en même temps que par une odeur épouvantable.

Sur le pont, d'ailleurs, le capitaine et l'unique matelot du bord étaient incommodés, eux aussi, par cette odeur qu'ils ne pouvaient cependant définir.

On s'aperçut bientôt que la fumée ne

s'échappait qu'avec peine de la cheminée et d'une façon tout à fait anormale.

Aucun doute n'était possible : l'énorme tuyau de tôle était bouché. On éteignit donc les feux, et le chauffeur, à l'aide d'une échelle, atteignit le sommet de la cheminée qui, contrairement à celle des remorqueurs appelés à passer sous les ponts, n'est pas mobile.

Il distingua vaguement une masse sombre qui obstruait le passage.

Mais on était encore loin de la vérité et il nous est impossible de décrire les phases atroces de la découverte qui devait être faite après une heure de travaux pénibles.

Qu'il nous suffise de dire que ce qu'on retira du tuyau de métal n'est autre que le corps d'un homme, déjà en partie calciné, qui fut déposé sur le pont du bateau.

Autant qu'on a pu en juger, l'homme était vêtu assez misérablement ; mais il faut tenir compte de l'état dans lequel se trouvent les vêtements, brûlés en partie, imprégnés de fumée et de suie.

C'est en vain que de nombreuses personnes ont défilé devant le cadavre. Celui-ci n'a pu être identifié. On n'a découvert sur lui aucune *pièce permettant de se faire une idée, même approximative, de son état civil ou de sa condition sociale.*

Enfin, le médecin qui l'a examiné a relevé de nombreuses traces de blessures ; mais il a été impossible de déterminer l'instrument avec lequel elles ont été faites.

Il semble que la mort remonte à un certain nombre de jours. Mais, nous le répétons, l'état du corps rend extrêmement difficiles les moindres constatations.

Notons que la cheminée du Lorraine ne mesure que 40 centimètres de diamètre. Autrement dit, le malheureux, qui est de corpulence moyenne, n'a dû y pénétrer ou y être introduit qu'avec peine et il a été coincé dans le tuyau, à mi-hauteur à peu près de celui-ci, là où des rivets restreignent encore le passage.

Se trouve-t-on en présence d'un crime ? Cela paraît probable ; mais, dans ce cas, de nombreuses questions se posent.

Le Lorraine est toujours amarré au quai même, en face de la Bourse de commerce, à un endroit où la circulation est intense. Au surplus, il se trouve à moins de vingt mètres du

poste de douane et des embarcations des doua-
niers.

Or, ceux-ci surveillent le port de nuit comme
de jour !

Enfin, le matelot Pierre Liberge vit à bord
en qualité de gardien.

Comment, dans ces conditions, le corps a-t-il
été introduit dans la cheminée ?

C'est ce que les enquêteurs cherchent à éta-
blir.

Mais ils ne sont guère optimistes, étant donné
qu'on ne peut même pas fixer d'une façon
approximative la date du crime.

Nous tiendrons nos lecteurs au courant.

J'avais lu d'une seule haleine. Je me tournai
vers Joseph Leborgne, qui fumait en silence,
sans se préoccuper de moi.

— On n'a pas identifié le cadavre ? questionnai-je.

— Non. Les médecins ont fait ce qu'ils ont
pu. Et je les plains. La besogne n'était pas
agréable. La seule conclusion intéressante de
leurs travaux, c'est que l'homme était mort
depuis huit jours au moins quand il a été découvert.

— Mort de quoi ?

— On n'en sait rien ! On ne sait rien ! Essayez de vous figurer l'aspect du cadavre et vous serez moins exigeant.

Je vis qu'il n'aimait pas beaucoup parler de cela. Et il fuma d'abondance, comme pour dissiper une atmosphère pénible.

— Vous n'avez pas d'autres éléments ?

— Très peu. Comme vous avez vu, le *Lorraine* se trouvait à quai, à un endroit des plus animés du port. Il y avait un gardien à bord jour et nuit.

— Quel genre d'homme ?

— Lisez la fiche que j'ai fait établir.

Je la trouvai :

Pierre Liberge, cinquante-cinq ans, ancien gabier, célibataire. A navigué sur toutes les mers du globe. Bon marin. Esprit obtus. Penchant très accusé à l'ivrognerie. Passe ses journées à dormir et à boire.

— Et le reste de l'équipage ?

— Le chauffeur, Ernest Pomerel, trente-quatre ans, marié, habitant Rouen. Bons renseignements. Le capitaine, Georges Duchateau, appartenant depuis quinze ans aux Ponts et Chaussées, marié, père de famille, chevalier de la Légion d'honneur. Enfin, un mousse, Gaston Turphot, dix-neuf ans, vivant avec ses parents à Gonneville.

— C'est tout ?

— C'est tout. Le *Lorraine* ne quitte le port qu'une fois par mois, pour deux ou trois jours. Travail de tout repos. Sondages en Seine et surtout dans l'estuaire, afin de relever les déplacements des bancs de sable...

— La largeur du bateau ?

— Quatre mètres.

— Autrement dit, du quai, il eût fallu faire un bond de deux mètres pour atteindre la cheminée.

Il rectifia :

— Pour atteindre la cheminée, oui ! Mais pas le sommet de celle-ci, qui s'élève encore à deux mètres au-dessus du quai.

— Il n'y a pas de grue dans les environs ?

— Pas à moins de deux cents mètres, où s'effectue le chargement des cargos.

— La surveillance de la douane est vraiment efficace ?

— Tatillonne, même ! A n'importe quelle heure du jour ou de la nuit on se heurte sur le quai à des uniformes bleus et le moindre canot est accosté par la vedette officielle.

— Y a-t-il moyen, de l'intérieur du *Lorraine*, de s'introduire dans la cheminée ?

— Impossible ! Il faudrait traverser la chaudière et l'ouverture de celle-ci n'est que de trente centimètres sur vingt-cinq.

Comme je feuilletais machinalement le dossier, mon regard tomba sur un croquis représentant un petit voilier.

— Quel est ce bateau ? demandai-je.

— Le *Cormoran*. Une goélette armée en plaisance, qui s'est amarrée pendant quarante-huit heures au *Lorraine*, quinze jours avant la découverte du cadavre.

— Et à qui le *Cormoran* appartient-il ?

— A Auguste Fiquet, assureur maritime au Havre.

— Quel homme ?

— Trente-cinq ans. Belle situation. Dépense sans compter. Echéances pénibles à cause de ses frais énormes.

— Et que faisait-il à Rouen ?

— Une simple promenade. Il avait à bord un capitaine au long cours et deux hommes. Il devait retourner au Havre avec son bateau ;

mais, la première nuit, il a fait la connaissance de je ne sais quelle petite femme et il est retourné avec elle en chemin de fer. Le *Cormoran* est reparti sans lui le surlendemain.

Je ne voulais rien négliger.

Je poursuivis néanmoins mon interrogatoire :

— Qui était le capitaine ?

— Serge Assatourof, émigré russe, ancien officier de marine de Koltchak. Trente-deux ans. Amateur de vodka.

— C'est tout ?

— Un de ses matelots était russe aussi : Vladimir Rasamat, vingt-huit ans, célibataire. Le second matelot était breton : Jean-Paul Ducru, trente-cinq ans, marié, séparé de sa femme...

— Ces trois hommes sont toujours à bord du *Cormoran* ?

— Sauf Ducru, qui s'est engagé sur un terre-neuvien.

— Quelle a été leur attitude à Rouen ?

— Banale. Les deux Russes ont fait la bombe avec un compatriote qu'ils ont rencontré au Café de la Bourse. Ducru a tiré une bordée dans des endroits moins recommandables.

— Duchateau est marié ?

— Il est marié, mais il trompe sa femme

sans se cacher. Et celle-ci a fini par se résigner. Il paraît qu'elle en fait autant de son côté.

Et Joseph Leborgne murmura avec lassitude :

— Vous en avez assez ?

Je feuilletai deux ou trois fois le dossier. Je regardai les croquis du *Lorraine* et du *Cormoran* qui s'y trouvaient.

— On n'a signalé aucune disparition ? m'étonnai-je.

— Aucune ! Personne n'a réclamé le cadavre, qui a fini à l'Ecole de médecine.

Là-dessus, Joseph Leborgne se mit à lire je ne sais quel livre.

Moi, je m'enfouis dans l'examen des documents, essayant, comme mon ami me l'avait souvent conseillé, de condenser ma pensée.

Mais c'est là un exercice plus difficile qu'il n'y paraît.

Après une heure, je me levai, fatigué, et murmurai :

— J'y renonce ! Vous avez vraiment trouvé quelque chose ?

— Ce n'est pas sérieux ! soupira-t-il sans quitter son livre des yeux.

— Qu'est-ce qui n'est pas sérieux ?

— Vous n'avez pas cherché ! Vous avez

pensé à tout, sauf à l'affaire. Dites-moi donc quelle est la largeur du *Lorraine*.

— Quatre mètres.

— Et celle du *Cormoran* ?

— Je ne me souviens plus.

— Et sa hauteur au-dessus de la ligne de flottaison ?

— Je... je ne sais pas...

— Quel est son gréement ?

— Que voulez-vous dire ?

— Est-il gréé en goélette franche, en cotre, en dundee ? A-t-il ou n'a-t-il pas de spinnaker ?

J'étais vexé. Je grondai :

— Je ne vois pas l'importance que...

Alors, il se leva, posa son livre et, résigné mais ironique, articula :

— Vous comptez sur votre *flair*, pas vrai ? Ah ! ah ! Le *flair*... Eh bien, moi, je n'en ai pas, de flair, et je n'en veux pas avoir ! Vous entendez ?

— Mais...

— Je vous dis que le flair, c'est de la blague ! Et la preuve, c'est que vous n'avez rien trouvé du tout. Apprenez donc à vous servir autrement de votre cerveau... Vous avez devant vous des schémas, des chiffres... Je me suis

96

donné la peine de me procurer des mesures exactes. Exactes, vous entendez ? Au centimètre près ! Mais vous ne connaissez pas la valeur d'un centimètre, vous ! Pas plus que tant d'autres qui se croient capables de déchiffrer des énigmes... Allons ! dites-moi comment le pauvre type inconnu a pu s'introduire dans la cheminée ou comment il a pu y être introduit. Mais dites-le donc ! C'est clair ! C'est écrit dans les documents que vous avez sous les yeux...

— Essayez d'abord de faire un bond de deux mètres de haut et de long en même temps... Ou plutôt n'essayez pas... J'aime mieux vous dire que c'est impossible avant que vous cassiez le mobilier de l'hôtel.

» Donc l'homme n'a pas sauté du quai. Et on ne l'a pas jeté du quai non plus.

» Comme le *Cormoran* est le seul bateau à avoir accosté le *Lorraine* durant le dernier mois, il faut croire que c'est de là que l'inconnu est venu...

» Regardez les croquis. Vous remarquez la première vergue, qui déborde le bateau de soixante-quinze centimètres et qui se trouve à

97

près de dix mètres au-dessus du pont du *Lorraine*, soit à six mètres au-dessus de sa cheminée.

» Vous suivez ? Supposez que vous soyez au bout de cette vergue. Vous voulez lancer quelqu'un dans la cheminée en question. Est-ce que vous croyez que ce soit possible ?

» Je réponds : Non ! D'abord on n'est guère aussi à son aise sur la vergue d'une goélette qu'en terre ferme. Surtout sur l'extrême bout de cette vergue.

» Ensuite, s'il est facile de laisser tomber quelqu'un au-dessous de soi, il est difficile de le lancer à plus d'un mètre de distance, et ce, en visant exactement, de telle sorte que le corps tombe dans une cheminée juste assez large pour le recevoir.

» Or, c'est pourtant de cette vergue que le corps est venu !

» C'est pour ainsi dire mathématique. Il n'a pu venir que de là !

» Supposez maintenant un rôdeur quelconque qui voit le *Cormoran* désert. Le bateau a bonne mine. C'est la nuit. L'homme, entre deux passages du douanier de garde, se glisse à bord. Il y est à peine qu'il entend des pas. C'est un des matelots qui rentre.

» Il grimpe le long du mât. Il aperçoit la vergue. Il s'y engage.

» Mettez-vous bien les distances en tête. Notre homme est à cinq mètres à peu près au-dessus du quai, et à trois mètres seulement en longueur de celui-ci.

» S'il saute, il est sauvé... Sinon il est pris.

» Peut-être est-il ivre. Peut-être ne l'est-il pas. En tout cas il manque son bond. Il heurte la cheminée du *Lorraine* de telle manière qu'il s'y engage tête première, non sans se blesser au rebord de tôle.

» Le voilà prisonnier... Il est même possible qu'il soit déjà mort... Je n'aime pas m'occuper de cela...

» Un rôdeur, cela ne laisse pas de traces... On ne l'a pas réclamé...

» Surtout ne me parlez pas de l'équipage du *Lorraine*, qui ne se fût pas amusé à placer un cadavre dans la cheminée alors qu'il n'y avait qu'à le laisser glisser dans la Seine...

Et Joseph Leborgne conclut :

— Je vous défie, documents en main, de trouver une autre explication...

J'aime mieux vous dire que je n'ai pas relevé le défi.

9

Les trois Rembrandt

Joseph Leborgne me demanda :

— Connaissez-vous l'Hôtel Drouot ?

— Comme tout le monde !

— Alors, écoutez cette histoire qui vous l'éclairera d'un jour nouveau :

» On annonce un beau jour une vente sensationnelle. Il s'agit ni plus ni moins d'un Rembrandt inconnu, qu'un vieux juif du nom de Wahl garde jalousement dans son antre depuis quinze ans et qu'il se décide à vendre.

» C'est un portrait du maître et, ce qui en fait une pièce d'une valeur inappréciable, c'est qu'il est non seulement signé, mais daté de 1669, année de la mort du peintre.

» On ne possède aucun autre portrait de

Rembrandt à cette époque. Wahl a invité quelques critiques d'art à admirer le chef-d'œuvre et tous l'ont déclaré authentique. Des sceptiques, pourtant, murmurent : « Attendez l'avis des experts ! »

» Et voilà soudain qu'une nouvelle incroyable circule. Le samedi après-midi, un jeune homme correct s'est présenté à la Salle Drouot avec le tableau sous le bras et, de la part de Wahl, il l'a remis au directeur, en annonçant qu'un détective viendrait dès le lendemain monter la garde dans la salle où sera exposée la précieuse toile.

» Celle-ci ne mesure que soixante centimètres sur soixante-dix. Elle est encadrée de chêne sombre, sans sculptures.

» Le jeune homme est à peine sorti que le directeur voit arriver un livreur qui lui remet un colis de dimensions identiques et qui disparaît aussitôt.

» Enfin, à cinq heures du soir, Wahl est introduit lui-même, radieux, un paquet sous le bras, et, sous le regard ahuri du directeur, il met au jour son fameux tableau.

» Ce n'est pas la peine que je vous décrive la scène, n'est-ce pas ? On ne se trouve plus en face d'un Rembrandt, mais de trois Rembrandt identiques, encadrés d'une façon tellement semblable qu'une fois les trois tableaux mis côte à côte, Wahl lui-même ne reconnaît plus le sien.

» La police est avertie. On recherche le jeune homme qui a apporté la première toile ; on recherche le commissionnaire qui s'est chargé de la seconde. Le petit monde de l'Hôtel Drouot est en effervescence.

» On a eu le malheur de changer deux ou trois fois les tableaux de place pour les examiner, et le propriétaire du Rembrandt jure qu'il lui est désormais impossible d'affirmer que l'un est l'original plutôt que l'autre.

» Pendant trois jours, les critiques défilent, ainsi que les marchands les plus fameux. Les avis sont partagés. Pour faciliter la discussion, on a collé une étiquette sur chaque cadre : n° 1, n° 2, n° 3...

» Les uns tiennent pour le n° 1 ; d'autres, pour le 2. Mais le 3 a peu de défenseurs.

» Bien entendu, la vente est remise à une date ultérieure. L'enquête continue. Le jeune homme ni le commissionnaire ne sont retrouvés...

Et Joseph Leborgne, en souriant, poussa vers moi les agrandissements photographiques de la signature des trois tableaux.

— L'expertise... commençai-je.

Il éclata de rire.

— Vous êtes encore naïf ! Vous n'avez donc jamais suivi une affaire de ce genre ? Récemment, il y a eu le scandale des faux Van Gogh, en Allemagne. Dix experts s'en sont mêlés. Ils n'ont pas pu s'entendre... Il y a deux ans, a éclaté en Amérique une autre affaire de faux. Cette fois, il s'agissait d'un Raphaël. Des experts, aux frais du propriétaire, ont fait le voyage de Londres, de Berlin, de Paris et de Rome. Ce ne fut pas une expertise. Ce fut un meeting, et la presse des Etats-Unis, qui n'est pas aussi respectueuse que la nôtre, a révélé qu'il y eut des coups de parapluie échangés.

— Pourtant, les rayons X ?...

— Un sujet de discussion de plus. En l'occurrence, ils donnèrent les mêmes résultats pour les trois tableaux.

— L'examen microscopique de la toile ?...

— N'a rien prouvé !

— L'étude approfondie des trois signatures ?...

— Regardez vous-même !... Et essayez de vous faire une idée !

— Où se trouvait le tableau avant d'arriver rue Drouot ?

— Lequel ?

— Celui que Wahl a apporté, bien entendu ! Le vrai !

— Dans l'appartement du juif, avenue de Suffren. Il n'était même pas accroché au mur, mais enfermé dans un petit cabinet communiquant avec le bureau de Wahl.

— Depuis combien de temps ?

— Une quinzaine d'années, époque à laquelle Wahl a déniché son chef-d'œuvre dans je ne sais quelle vente de province. A ce moment, le tableau était tellement sale et enfumé qu'on en distinguait à peine le sujet et qu'on ne voyait pas du tout la signature... Wahl a eu du flair. Il l'a fait restaurer... Mais il n'a guère parlé de sa trouvaille qu'à quelques intimes... Rares furent ceux qui furent admis à l'admirer. Et il avait l'habitude de dire : « Je mangerai du pain sec plutôt que de le vendre ! »

— Quel était le métier de ce Wahl ?

— Officiellement, il n'avait pas de profession. C'était un habitué de l'Hôtel Drouot, mais un habitué de petite envergure. Il achetait. Il revendait...

— Et il s'est décidé à se débarrasser de son Rembrandt ?

— Pour doter sa fille, paraît-il.

— Il est donc marié ?

— Veuf. Une seule fille âgée de vingt-deux ans. Fiancée à un nommé Golfinger, de nationalité indéterminée, courtier en pierres précieuses.

— Wahl est riche ?

— Il vit assez modestement. Deux domestiques. Un appartement de quinze mille francs. Sa seule vraie fortune était, d'après lui, ce Rembrandt, dont il ne voulait pas se séparer. Aussi a-t-il poussé de hauts cris. Devant les trois toiles, il a juré qu'il était ruiné et il a même tenté de se suicider...

— Comment ?

— En absorbant du véronal. Mais, dès les premiers troubles, sa fille a appelé le médecin, qui a pu le sauver.

— La vente n'a pas eu lieu ?

— Elle a eu lieu, mais trois semaines plus tard. Jusque-là, on a discuté, expertisé, contre-expertisé. On a publié des conclusions contradictoires et les spécialistes se sont livrés à d'âpres polémiques. On a soupçonné Golfinger, qui était le seul homme à pouvoir approcher le tableau. Il a prouvé qu'il était étranger à toute cette affaire. On a inquiété deux ou trois commissaires innocents.

— Et les deux domestiques ?

— Une vieille juive polonaise d'abord, ne parlant qu'un mélange de yiddish et de mauvais français. Elle a répondu avec hébétude à toutes les questions posées. Elle ne s'occupait que de la cuisine et elle a donné l'impression d'un esprit simple... L'autre domestique est une jeune Luxembourgeoise. L'enquête a appris qu'elle recevait dans sa chambre, au sixième étage, des amants nombreux et appartenant à des milieux très différents, depuis un pompier et un garde municipal jusqu'à un barman des Champs-Elysées. Mais elle ignorait l'existence du tableau. Jamais, au surplus, elle n'introduisit un de ses amants dans l'appartement.

— Comment l'affaire s'est-elle terminée ?

— La vente a eu lieu, je vous l'ai dit. Une des séances mémorables de la rue Drouot. Toute la colonie de l'Hôtel était là. Des amateurs étaient venus de Berlin et d'Amsterdam. Les trois tableaux étaient exposés côte à côte et ils présentaient un spectacle hallucinant, tant ils étaient identiques dans leurs moindres détails. Wahl était présent, très abattu. Et dix fois il dut recommencer dans des groupes le récit de sa mésaventure : « Je suis ruiné ! répétait-il sans cesse. C'est la dot de ma pauvre Judith que les bandits ont volée ! Et pourtant le tableau est là... Il est là et je ne suis même pas capable de le reconnaître... »

— Il y a eu des amateurs ?

— Les enchères ont été folles ! Le plus curieux, c'est qu'on savait que, sur les trois toiles, il y en avait deux sans la moindre valeur. C'était un peu comme une loterie. Le n° 1 n'en monta pas moins à deux cent mille francs, plus les frais, et ce fut une stupeur générale. Stupeur d'autant plus grande qu'on reconnaissait en l'acheteur l'agent d'un des gros collectionneurs américains. Cela servit de coup de fouet. Le n° 2 atteignit trois cent mille francs. Mais on comprit, car l'acheteur était toujours le même. Celui-ci était évidemment décidé à acquérir les trois tableaux, sûr ainsi d'avoir le bon. Cela lui coûta cher. Rue Drouot, on n'est pas très tendre les uns pour les autres. On s'aperçut qu'à ce prix l'Américain allait réaliser, en somme, une assez bonne affaire. On lui tint tête. Deux tableaux étaient absolument sans valeur. Il fallait les trois, à n'importe quel prix. Ce fut une enchère vertigineuse. On vit le troisième tableau monter à quatre cent mille francs, à un demi-million, dépasser ce cap dangereux et être adjugé enfin à sept cent mille francs à l'intermédiaire, qui était en nage... Les trois toiles, dont une seule était bonne, lui coûtaient un million deux cent dix mille francs.

— On a fini par découvrir laquelle des trois est authentique ?

— Pas le moins du monde. Les Rembrandt sont exposés côte à côte, à l'heure qu'il est, dans la galerie du riche New-Yorkais, qui n'est pas médiocrement fier.

— Si bien que le mystère reste entier ?

— Sauf pour deux personnes...

— Lesquelles ?

— L'auteur de la mystification, d'abord ; moi ensuite...

— Vous avez vu les tableaux ?

— Non ! J'ai seulement fait prendre les photographies que vous avez à la main...

Je regardai de nouveau les signatures.

— Montrez-moi donc la bonne !

— Il n'y en a pas de bonne ! affirma-t-il. Les trois tableaux sont aussi faux l'un que l'autre...

Et, comme je restais bouche bée, il poursuivit :

— Supposez un homme qui a décidé de tenter un gros coup. Cet homme n'est en somme qu'un brocanteur sans envergure. Il voudrait gagner le million dans une seule affaire... Il est juif, c'est-à-dire très patient...

» Il ne craint pas de commettre un faux et un beau jour il fait confectionner le Rembrandt en question. Ou plutôt il en fait confectionner trois à la fois. Il les veut rigoureusement pareils.

» Il ne les montre à personne. Il se contente d'en parler. A quelques intimes, pourtant, il exhibe un des tableaux dans le demi-jour de son cabinet.

» Il crée ainsi la légende du Rembrandt rarissime *qui n'est pas à vendre* ! Et on en parle, précisément parce que le tableau n'est pas à vendre et que Wahl va jusqu'à refuser de le montrer à des amateurs qui lui rendent visite.

» Le temps passe. Le tableau a en quelque

sorte pris vie au cours de centaines de conversations.

» Wahl annonce qu'il est résigné à s'en séparer pour doter sa fille. Mais il gémit. Il a la mort dans l'âme.

» L'heure dangereuse a sonné. Car les experts vont s'en donner à cœur joie sur cette toile inconnue. Ne va-t-on pas reconnaître que c'est un faux ?

» Wahl va au-devant des accusations. Il suscite lui-même, non pas un, mais *deux faux*.

» Si bien que la question posée aux experts n'est plus :

» — Ce tableau est-il authentique ?

» Mais :

» — Laquelle de ces trois toiles est de Rembrandt ?

» Ils ont marché ! Tous ! Et c'est humain ! *Ils devaient fatalement marcher*. Ils se sont battus pour le n° 1, pour le n° 2, voire pour le n° 3, qui avait lui aussi ses défenseurs.

10

L'écluse n° 14

Ce jour-là je dénichai un dossier à chemise bleue.

Le premier document était comme d'habitude une coupure de journal, extraite d'une petite feuille de province :

La péniche empoisonnée

Nemours, le 8 octobre. — Un pénible accident a eu lieu ce matin, à quelques kilomètres de notre ville, sur le canal du Loing.

Huit péniches avaient passé la nuit au-dessus de l'écluse de La Genevraye, qui porte le n° 14. Le trafic étant particulièrement intense ces jours-ci, à la suite du chômage récent, l'éclusier, sur la demande des mariniers, accepta de commencer son travail dès cinq heures du matin, alors que la nuit était encore complète.

Deux péniches, dont une à moteur, furent éclusées. Et l'on s'étonna alors que la troisième péniche, les Deux Frères, ne fût pas encore prête à entrer dans le sas.

Comme elle barrait le passage, des mariniers donnèrent des coups de gaffe sur la cabine, puis, s'impatientant, pénétrèrent dans celle-ci.

Le fait était d'autant plus étrange qu'il s'agit d'un bateau-écurie et que le conducteur doit se lever une heure au moins avant le départ afin de soigner ses bêtes.

On eut bientôt l'explication du mystère. Dans le lit de la cabine, en effet, on trouva le patron, Joseph Mortier, et sa femme étendus sans connaissance. C'est en vain qu'on essaya de les ranimer, et déjà quelqu'un était parti pour le village afin d'avertir le médecin, quand, dans l'écurie, on découvrit le cadavre du conducteur, Désiré Piedbœuf, étendu dans la paille où il avait l'habitude de dormir.

Enfin, couchée dans son berceau, une fillette d'un an et demi pleurait à chaudes larmes.

Une heure plus tard seulement le médecin arriva. Il ne put que constater le décès du *conducteur et il fit transporter d'urgence Mortier et sa femme à l'hôpital de Nemours.*

Les jours de l'homme sont en danger, mais l'état de sa femme est moins grave.

Il semble que tous les occupants de la péniche, hormis la fillette, soient atteints d'empoisonnement ; mais le médecin n'a pu donner d'indications précises.

On a trouvé à bord une boîte de bœuf de conserve largement entamée.

Elle sera examinée, à toutes fins utiles.

Une seconde coupure, plus brève :

Joseph Mortier, le marinier dont nous avons parlé dans notre dernière édition, a succombé peu après son admission à l'hôpital. L'état de sa femme s'est aggravé.

Quant à l'enfant, elle est en parfaite santé.

L'enquête s'est poursuivie hier sans résultat.

Troisième coupure du même journal :

L'écluse tragique

Nemours, 10 octobre. — L'émotion provo-

quée par le triple empoisonnement qui a coûté la vie à deux personnes et qui met toujours en danger les jours de Mme Mortier ne s'est pas encore dissipée, qu'une nouvelle affaire mystérieuse éclate au même endroit, c'est-à-dire à l'écluse n° 14 du canal du Loing.

Ce matin, trois nouveaux cas d'empoisonnement se sont produits et, chose étrange, à bord de deux péniches différentes.

Le conducteur du bateau la Belle Eugénie est mort dans le poste de pilote où il couchait. D'autre part, Gustave Trochet et sa femme, de la péniche Bienfaiteur, sont dans un état alarmant.

Signalons que l'analyse du contenu de la boîte de bœuf saisie à bord des Deux Frères a été négative et qu'il n'y avait pas de conserves à bord des deux autres péniches.

L'émotion est grande parmi les mariniers et ils ne sont pas loin de penser qu'un sort a été jeté sur l'écluse n° 14.

La circulation, aux abords de celle-ci, est rendue difficile par les trois péniches abandonnées, qui rétrécissent le passage et qu'un remorqueur viendra sans doute prendre avant la fin de la semaine.

— C'est étrange ! murmurai-je.

— Lisez ! Ce n'est pas fini.

Encore l'écluse n° 14

Cette fois, l'affaire devient hallucinante et la liste des victimes s'allonge d'une façon cruelle.

Hier encore, c'est-à-dire à vingt-quatre heures de distance des précédents empoisonnements, toute une famille a été atteinte, et ce n'est que par miracle qu'elle échappera à la mort.

Le médecin, en effet, passait le long du canal au moment où les premiers symptômes se déclarèrent et il put soigner énergiquement les malades.

Ceux-ci semblent hors de danger.

Mais le mystère reste entier. C'est en vain qu'on a envoyé au laboratoire un reste du jambon qui avait servi au repas des mariniers.

Le plus troublant, c'est que de nombreuses péniches passent la trop fameuse écluse sans que les occupants ressentent le moindre malaise.

La circulation est en effet de plus en plus

intense sur le canal. On compte environ trente
bateaux par jour, ce qui ralentit le trafic et crée
des embouteillages à chaque bief.

L'enquête se poursuit activement.

Joseph Leborgne était campé devant la
fenêtre et il avait le visage grave.

— C'est invraisemblable ! m'écriai-je.

— C'est pourtant la stricte vérité. Si vous
continuez à examiner le dossier, vous constate-
rez que l'hécatombe s'est poursuivie pendant
une semaine entière.

— La police a découvert les coupables ?

— Elle n'a rien découvert du tout.

— Les empoisonneurs ont cessé d'eux-
mêmes leurs exploits ?

— Non ! Sans mon intervention, des gens
continueraient à mourir devant l'écluse n° 14.

— Les péniches visées appartenaient-elles à
une même compagnie ?

— Les unes battaient pavillon de la Générale, la grosse société de transports par eau du
Centre. Les autres appartenaient à de petits pro-
priétaires, parfois même à celui qui conduisait.

— Qui est le titulaire de l'écluse n° 14 ?

— Un nommé Vallebrais, un grand invalide

de guerre, car l'emploi d'éclusier est un emploi réservé. Il a une jambe de bois, ce qui ne l'empêche pas, toute la journée, d'aller de la porte d'amont à la porte d'aval et de la porte d'aval à la porte d'amont.

— Quel genre d'homme ?

— Un ancien boulanger. Il a maintenant quarante-huit ans. Il est marié. Il a deux enfants. Il est généralement de bonne humeur et il plaisante volontiers avec les mariniers. A côté de sa bicoque, il y a une épicerie comme on en trouve le long de tous les canaux. On y vend de tout, surtout des conserves et des sabots.

— D'où venaient les victimes ?

— Des canaux du Centre, en passant par Nemours. Elles se dirigeaient vers la Seine. Elles étaient donc avalantes, comme on dit.

— Et les montantes ?

— Pas d'accident !

— A combien de kilomètres l'écluse n° 13 est-elle de l'écluse n° 14 ?

— Trois kilomètres. C'est un des plus grands biefs de la région, où en général les écluses sont à cinq cents mètres les unes des autres. Le canal n'y traverse aucun village.

— A-t-on pu établir si toutes les personnes

empoisonnées avaient acheté des aliments à l'épicerie de La Genevraye ?

— On a établi le contraire. Les unes avaient fait leur marché à Nemours ; d'autres plus haut encore, à Bagneaux, à Egreville, à Buges...

— Elles ne buvaient pourtant pas de l'eau du canal ?

— Jamais ! Au surplus, cette eau ne les eût pas empoisonnées, puisque les bêtes qui en buvaient et en boivent encore ne sont pas atteintes.

— Vous y comprenez quelque chose ?

— Je vous dis que j'ai mis fin à l'hécatombe !

— Les péniches étaient assurées ?

— Elles le sont toutes. En outre, à chaque voyage, le chargement fait l'objet d'une assurance spéciale.

— Et jamais les accidents ne se sont produits en route, avant l'écluse n° 14 ou après, par exemple ?

— Jamais !

— Que devenaient les bateaux après ces accidents ?

— Ils étaient garés, autant que possible. S'ils appartenaient à la Générale, celle-ci envoyait des mariniers pour les emmener. Sinon, ils attendaient... Je crois qu'il y en a un qui attend encore...

— Dans les contrats de transport, une clause prévoit-elle une indemnité par jour de retard ?

— Le plus souvent.

— Et que transportaient les péniches ?

— Les unes, du minerai de la Loire ; les autres, du ciment de Marseille-lès-Aubigny.

— Et elles ont été atteintes indistinctement ?

— Même un berrichon (petite péniche du canal du Berry) chargé de papier des Papeteries de Souppes.

— Quel est le nombre des accidents ?

— En une semaine, cinq morts et quatorze malades.

J'étais impressionné. J'essayais d'imaginer cette écluse fatale, où chaque jour il y avait une nouvelle catastrophe.

— Et l'écluse n° 13 ? questionnai-je encore.

— L'éclusier a quarante-deux ans. Un bras de moins. Une femme. Pas d'enfants.

— Il a été questionné ?

— Il ne sait rien. Parfois, il vend des œufs aux mariniers qui passent. Cela lui est défendu. Il a été difficile de le lui faire avouer.

— Il en a vendu à ceux qui sont morts ?

— A deux d'entre eux. Pas aux autres.

— J'y renonce ! soupirai-je. Cette affaire est invraisemblable. C'est un cauchemar...

Un peu sèchement, Joseph Leborgne laissa tomber :

— Si je m'étais découragé, moi aussi, il y aurait sans doute des douzaines de victimes à l'heure qu'il est.

— Voyez-vous, ajouta Leborgne, il faut compter avec les exaltés, les hystériques, les alcooliques et enfin avec les fous.

» Non pas avec les fous reconnus dangereux, mais les autres, tous les autres qui vivent parmi nous en poursuivant une idée fixe...

» Vous devez savoir que les mariniers, en route, font provision d'eau potable aux écluses. Le plus souvent, ils profitent pour cela d'un sas encombré, où ils doivent attendre plus ou moins longtemps.

» Si bien qu'ils s'approvisionnent à des endroits différents.

» La question *aliments* étant écartée dès le prime abord, restait la question *eau*.

» Et c'est pourquoi l'éclusier 14 était hors

120

de cause. En effet, on cuisine en chemin. Et quand les péniches arrivaient le soir devant l'écluse 14, le repas était déjà préparé à bord, déjà empoisonné.

» Même remarque pour l'écluse 13, où les mariniers passaient vers six heures du soir, quand la soupe était déjà au feu.

» Ne parlons pas de Nemours où l'eau est fournie par la ville.

» Il fallait donc remonter plus loin, à l'écluse 11 notamment, l'une des plus encombrées et qui — son nom l'indique : Les Fontaines — est un point d'eau renommé.

» Je priai la gendarmerie de visiter le puits alimentant Les Fontaines. On y trouva, comme je m'y attendais, le contenu d'une bonne centaine de boîtes d'allumettes.

» Au surplus, l'éclusier, un grand commotionné de guerre, ne songea même pas à nier. Il se contenta de dire avec un sourire malin :

» — Vous comprenez ! ils devenaient trop nombreux ! tout le monde se plaignait ! Nous n'avions même plus le temps de manger ! Et les ingénieurs ne savaient que faire... Moi, j'ai trouvé un moyen d'en supprimer la moitié...

» Et il expliqua complaisamment que, depuis

qu'il avait empoisonné son puits, il ne buvait que de l'eau du canal.

» Le pauvre homme est aujourd'hui dans un asile... Et il tire toujours des plans pour diminuer le nombre des péniches sur le canal du Loing.

11

Les deux ingénieurs

— Ne vous embarrassez pas du dossier ! me dit Joseph Leborgne, qui était plus aimable ce jour-là que d'habitude.

Il est vrai qu'il ajouta :

— Ce serait trop compliqué pour vous ! Les articles de journaux vous fournissent en effet cent données pour une. Moi, je vais, au contraire, vous donner des faits en quelque sorte décortiqués. Rien que l'essentiel.

» L'affaire s'est déroulée à Chalon-sur-Saône, dans une usine que je ne nommerai pas.

Qu'il vous suffise de savoir qu'elle occupe près de deux mille ouvriers et une trentaine d'ingénieurs, répartis entre différents laboratoires.

» Ces laboratoires n'étudient pas seulement la résistance des bronzes et des aciers, mais font de la balistique ; le laboratoire A, surtout, qui est particulièrement aménagé pour cette besogne et qui, à cause de cela, est isolé au milieu de la cour.

» Vous le voyez sur le plan ? En face, c'est un des ateliers où tourne un moteur puissant, chargé de distribuer l'énergie électrique à toute l'usine.

» Ce moteur ne s'arrête que de dix heures à dix heures un quart et de midi à une heure.

» A gauche de l'atelier, un bâtiment qui ressemble à une villa contient les services de la direction.

» Il est question de changer ou bien l'emplacement des bureaux ou celui du moteur, car le bruit de ce dernier empêche les employés de travailler.

» Enfin, près du laboratoire, c'est la loge du concierge, qui vit là avec sa femme et sa fille, âgée de quinze ans.

» Vous avez la disposition des lieux en tête ? Je continue donc.

» Deux ingénieurs travaillent d'une façon continue au laboratoire A. Ce sont Jacques Debienne, âgé de vingt-huit ans, célibataire, habitant en meublé à Chalon-sur-Saône, et Hector Mosset, âgé de trente ans, célibataire également, vivant avec ses parents à quelques kilomètres de la ville.

» Ils ont à leur disposition un préparateur, Ivan Jaleski, âgé de trente-cinq ans, ancien étudiant, vivant en hôtel, à Chalon, avec sa maîtresse.

» A remarquer que le travail du préparateur consiste surtout à aller chercher dans les autres laboratoires et à l'économat les pièces dont les ingénieurs ont besoin.

» Depuis des mois, il était de notoriété publique que Jacques Debienne et Hector Mosset ne s'entendaient pas.

» Ils en étaient arrivés, après s'être tutoyés longtemps, à ne plus s'adresser la parole que pour les besoins du service et, dans ce cas, à s'appeler cérémonieusement *monsieur*.

» S'ils sortaient ensemble de l'usine, ils marchaient à plusieurs mètres l'un de l'autre et ils parcouraient ainsi le chemin les séparant de la ville.

» A deux ou trois reprises, des altercations eurent lieu entre eux et, une fois même, le préparateur dut intervenir pour les séparer.

» Au physique, Debienne était un grand garçon vigoureux, sanguin, qui, en vrai Bourguignon, aimait la bonne chère, les femmes et la plaisanterie.

» Mosset, plus âgé de deux ans, a une tête de moins que son collègue et il est beaucoup moins musclé. Au surplus, il a le teint jaunâtre et se plaint de souffrir du foie.

» Si les deux hommes n'ont jamais fait part à des tiers de la cause de leur inimitié, on savait que Debienne, trois mois plus tôt, avait pris à Mosset sa maîtresse, une bonne fille du nom d'Irma, de mœurs plutôt faciles, qui d'ailleurs n'était pas chiche de ses faveurs.

» On affirmait même que Jaleski avait été son amant, lui aussi, et qu'à l'occasion il la revoyait, d'une façon tout intermittente il est vrai.

» Toujours est-il qu'un mercredi matin les événements suivants se déroulèrent.

» Il était dix heures moins un quart quand

Jaleski, qui avait affaire dans divers laboratoires, quitta les locaux A où se trouvaient les deux ennemis. Tous deux, à ce moment, travaillaient, et il n'y avait eu aucune parole échangée entre eux.

» A dix heures moins cinq minutes exactement — ce fut facile à contrôler, grâce à l'horloge électrique placée sur le bâtiment de la direction — Hector Mosset pénétra dans ce bâtiment et demanda à voir l'ingénieur-chef pour une communication importante.

» Celui-ci étant occupé, on le fit asseoir dans un petit salon d'attente, où l'huissier pouvait le voir à travers une porte vitrée.

» L'huissier est formel : Mosset ne bougea pas. Et même, comme l'ingénieur fumait une cigarette, il alla lui faire remarquer respectueusement que c'était défendu à cet endroit. Mosset ne fit aucune difficulté pour éteindre sa cigarette.

» A dix heures trois, donc alors que depuis trois minutes le moteur avait cessé son vacarme comme d'habitude, une détonation retentit dans le laboratoire A.

» Jaleski, qui se trouvait dans la cour, marchant vers ce laboratoire, en ouvrit le premier la porte et appela aussitôt à l'aide.

» Jacques Debienne était étendu sur le sol, la poitrine trouée d'une balle et couvert de sang. A deux mètres de lui environ se trouvait un revolver.

» Il n'y avait aucune autre personne dans le laboratoire. On ne releva aucune trace de lutte. Tous les objets étaient à leur place habituelle.

» D'après la position du cadavre, on supposa que Debienne avait été atteint alors qu'il était penché sur une table de marbre.

» Bien entendu, les lieux furent minutieusement fouillés. On examina aussi les alentours. On questionna le portier et des ouvriers maçons qui travaillaient à dix mètres tout au plus du bâtiment.

» Les uns comme les autres n'avaient rien vu. Il est vrai que le portier avoua que, n'ayant pas eu le temps de se raser le matin, il était occupé à le faire, au moment du crime, dans une chambre d'où il ne pouvait apercevoir la sortie de l'usine.

» Voilà les faits. Il vous reste à trouver la solution du problème.

» Je vous préviens, afin de vous consoler par

avance, que la police ne l'a pas trouvée et qu'elle cherche toujours, bien que le crime ait été commis depuis près de trois mois.

J'avais eu soin de prendre quelques notes. Et, encore que le récit de Leborgne fût aussi complet que concis, je questionnai :

— Les deux ingénieurs travaillaient quand Jaleski est sorti ?

— Je vous l'ai dit.

— Il n'a pas été envoyé dans les autres laboratoires par l'un des deux hommes ?

— Non ; c'était l'heure à laquelle il faisait habituellement sa tournée.

— L'huissier de la direction est seul à affirmer que Mosset était à dix heures trois dans l'antichambre ?

— Pardon ! Deux autres personnes, qui attendaient le directeur, se trouvaient dans le même salon que l'ingénieur.

— Quelle a été l'attitude de celui-ci ?

— Il a manifesté de l'étonnement. Mais il a tout de suite trouvé une explication à la détonation : « Une cornue qui éclate ! » a-t-il dit.

— Cela arrivait-il souvent ?

— Parfois, en tout cas.

— La mort a été instantanée ?

— C'est l'avis des médecins. Au surplus, il ne s'est pas écoulé deux minutes entre le coup de feu et l'arrivée de Jaleski dans le laboratoire.

— Les fenêtres de celui-ci étaient-elles ouvertes ?

— L'une d'entre elles.

— La balle a-t-elle pu être tirée par cette fenêtre ?

— Il n'y a pas impossibilité matérielle.

— Combien de portes possède le laboratoire ?

— Deux. Mais l'une d'elles est condamnée momentanément par un échafaudage.

— Des ouvriers travaillaient sur cet échafaudage ?

— Non !

— Debienne et Mosset étaient-ils arrivé ensemble, le matin ?

— A cinq ou six minutes d'in... comme toujours.

— A-t-on connaissance qu'il... contrés en ville la veille au s...

— On les a vus sépa... Poste. Debienne était... ne se sont pas adr...

— Irma salua...

— Discrètement, par politesse.

— Et il répondait à son salut ?

— Pas toujours.

— Jaleski est-il ambitieux ?

— Il l'a été. Fils d'une femme de ménage de Varsovie, il a voulu étudier quand même. Après deux années d'université, à Nancy, il a dû abandonner, faute de subsides, et se contenter du rôle de préparateur. En fait, il eût pu fournir le travail d'un ingénieur.

— Bien entendu, le portefeuille de Debienne n'a pas disparu.

— Pardon ! Il n'a pas été retrouvé !

— Il contenait une forte somme ?

— Cinq ou six cents francs. Du moins, on le suppose. C'est ce que Debienne avait touché la veille.

— Si bien que le meurtrier a dû pénétrer dans le laboratoire ?

— Cela paraît nécessaire.

— D'autre part, le suicide est impossible...

— Le revolver a été retrouvé à deux mètres cadavre. C'est tout ce que vous avez à me ander ?

Une dernière question. Par qui Debienne té remplacé ?

— Auprès d'Irma ?

— Non ! A l'usine...

— Il n'a pas été remplacé. Mosset et Jaleski assument à eux deux le travail du laboratoire A.

— Si bien que le Polonais est monté en grade !

— En fait, oui ! En titre, non ! Et ses appointements n'ont pas changé, malgré ses réclamations successives.

Je me tus. Et je ne sais combien de temps s'écoula avant que Joseph Leborgne, qui s'impatientait sans doute, articulât :

— Une fois de plus, vous rêvez au lieu de réfléchir ! Mais si ! Ne protestez pas ! Ce n'est pas ainsi que l'on réfléchit.

— Hector Mosset a tué Debienne d'une balle de revolver un peu avant dix heures moins cinq.

» Son geste était prémédité. Debienne n'eut même pas le temps de voir le danger.

» N'oubliez pas qu'à ce moment le moteur faisait un vacarme assourdissant. On n'a rien entendu du dehors.

» Mosset s'est emparé du portefeuille du mort pour faire croire à un vol à main armée.

» Il a préparé — ou plutôt il avait sans doute

préparé d'avance — un mélange détonant, ce qui lui était facile. Ce mélange était dosé de manière à produire une explosion quelques minutes après dix heures.

» Notez que nous nous trouvons dans un laboratoire où l'on manie des poudres et où il existe d'énormes cheminées. En apercevant le revolver sur le sol, nul n'a pensé à examiner ces cheminées pour s'assurer que ce n'est pas dans l'une d'elles que l'explosion avait eu lieu...

» D'autre part, le corps était encore tiède, ce qui est normal.

» Quant à la préméditation, elle est établie, non seulement par ce qui précède, mais encore par le choix de l'heure. Avant dix heures, ou après dix heures et quart, la détonation n'eût pas été entendue.

» Or, il fallait qu'elle le fût, afin d'assurer à Mosset, qui attendait dans l'antichambre de l'ingénieur-chef, un alibi catégorique.

» Peut-être a-t-il mis des semaines, voire des mois, à prévoir les moindres détails de ce crime.

» Et il a réussi. Il n'a pas été soupçonné. Un de ces jours, l'affaire sera classée.

12

La bombe de l'Astoria

— Vous connaissez l'*Hôtel Astoria*, à Bruxelles, en face de la gare du Nord ? C'est un des palaces de la Compagnie des wagons-lits.

» Quant au fait brutal, c'est le suivant :

» Le 9 avril, à minuit et demi, l'hôtel tout entier est mis en émoi par une explosion formidable. La plupart des vitres volent en éclats. Les planchers sont ébranlés et plusieurs plafonniers se détachent, semant la panique.

» Une bombe a explosé dans la chambre 77, à l'aile gauche du troisième étage. Une partie du mur séparant cette chambre de la chambre 79 s'est écroulée. La porte condamnée communiquant avec la chambre 75 est brisée et l'armoire se trouvant derrière cette porte renversée.

» Enfin, l'explosion a provoqué un incendie. Impossible de pénétrer dans la chambre 77. Les pompiers sont alertés. Deux heures plus tard seulement le feu est éteint et l'on découvre un cadavre déchiqueté, ou plutôt d'innombrables débris humains.

» Les flammes ont tout dévoré dans la chambre 77 et les deux chambres voisines sont partiellement dévastées.

» Je passe sur la panique et sur les mille incidents qu'elle provoqua.

» Bien entendu, la police arriva sur les lieux aussitôt et, dès le début de l'enquête, l'affaire se présenta sous un jour assez spécial.

» En effet, le locataire de la chambre 79 se présenta de lui-même aux autorités :

» — Gerhardt Gross, inspecteur de la Police judiciaire, à Berlin.

» Il annonça que la victime, Ernst Goldstein, sans profession, avait participé huit jours plus tôt, à Berlin, au cambriolage d'une banque dont les journaux parlaient encore.

» Ce cambriolage avait eu lieu dans des conditions d'audace inouïes. Pour parvenir dans les caves de la banque, les bandits avaient percé un tunnel sous la rue, partant d'une maison voisine que des complices avaient louée.

» Le travail avait demandé plus de dix jours. La plupart des coffres avaient été vidés. On évaluait le montant du vol à quatre millions de rentenmarks, soit environ seize millions de francs. Une partie de la somme était en billets de banque, une autre en titres, le reste en bijoux.

— Pardon ! interrompis-je. L'inspecteur Gross suivait Goldstein depuis Berlin ?

— Depuis Berlin, oui ! Goldstein avait eu l'imprudence de régler divers achats avec des billets volés dont la police possédait les numéros. Quand le 8 avril il prit le train pour Bruxelles, l'inspecteur était sur ses talons.

— Pourquoi ne l'arrêtait-il pas ?

— Parce qu'il espérait, en suivant Goldstein, découvrir les complices de celui-ci. Le voleur avait de nombreux bagages. A la douane, il parvint à n'ouvrir qu'une valise sur cinq, en se montrant généreux. L'opinion de Gross était que le butin se trouvait dans les quatre autres valises.

— Quand les deux hommes sont-ils arrivés à Bruxelles ?

— Le 9 avril, à onze heures du matin. Goldstein a pris une chambre à l'*Hôtel Astoria* et l'inspecteur a demandé la chambre voisine. Durant toute la journée, Goldstein n'a parlé à personne, sinon au personnel de l'hôtel. En ville, il a changé un certain nombre de billets volés.

— Il ne s'est pas aperçu qu'il était suivi ?

— Gross prétend que non. Le 9 au soir, Goldstein a dîné à l'*Astoria*, puis il est resté deux heures au fumoir, où il a lu les journaux. A minuit il est monté dans sa chambre et l'explosion a eu lieu une demi-heure plus tard, alors qu'il était au lit.

— Les valises étaient dans sa chambre ?

— Elles y étaient.

— Elles ont été détruites ?

— Complètement. Le feu a tout dévoré.

— Quel était le locataire de la chambre 75 ?

— Sir Harry Brulls, sujet anglais, ancien explorateur, qui eut son heure de célébrité, voilà trois ans, quand il traversa seul le Sahara à dos de chameau.

— D'où venait Brulls ?

— De Berlin. Il est arrivé vingt-quatre heures avant Goldstein et Gross.

— Il n'a pas parlé au bandit ?

— Non ! Il se trouvait pourtant dans le fumoir, le soir, en même temps que lui. Il s'est contenté de demander en allemand la permission de prendre un des journaux de Goldstein.

— Il est reparti ?

— Le lendemain du drame, à huit heures, pour Londres, via Ostende.

— Les locataires des autres chambres proches ?

— Au 74, Lawrence Tiller, danseuse américaine, venue de Berlin par le même train que Goldstein et l'inspecteur. Au 76, Joseph Van de Waele, diamantaire à Anvers, arrivé de Paris par avion quelques heures avant l'attentat.

— Ils n'ont pas été en rapport avec Goldstein ?

— Non ! Au dîner, l'Anversois a lié conversation avec la danseuse et tous deux ont bu du champagne jusqu'à onze heures et demie. Il est probable — mais ce n'est pas prouvé — qu'ils se trouvaient dans la même chambre au moment de l'explosion.

— Et le locataire de la chambre 78 ?

— Stephan Strevszewski, Polonais, trente-quatre ans. Venu de Berlin, lui aussi, par le même train que Goldstein. A voyagé dans un compartiment spécial, car sa jambe droite, brisée, était prisonnière dans un appareil de plâtre. Transporté en voiture-ambulance jusqu'à l'*Hôtel Astoria*, il n'a pas quitté sa chambre de la journée. A dix heures du soir, une nouvelle ambulance est venue le prendre pour le conduire à la gare, où il avait une couchette retenue pour Amsterdam.

— Il n'a pas adressé la parole à Goldstein ?

— Il n'a pas quitté sa chambre où le garçon d'étage, le maître d'hôtel et les infirmiers qui l'ont transporté ont été seuls à pénétrer.

— On a pu déterminer le type de la bombe ?

— Cela a été impossible. Quand l'incendie a été éteint, la chambre n'était plus qu'un monceau de cendres. Quant au cadavre, il était méconnaissable, déchiqueté d'abord, carbonisé ensuite.

— Le cambriolage de la banque de Berlin a exigé combien d'hommes ?

— Quatre pour le moins.

— Et Goldstein seul a été soupçonné ?

— La police n'avait aucune indication. Au point qu'une prime de cent mille marks avait été offerte par la banque à toute personne qui aiderait à découvrir les coupables.

138

— Même un policier ?

— Bien entendu.

— Si bien que Gross eût touché cent mille marks si...

— C'est certain.

— Il n'avait pas prévenu la police belge de ce qui se passait ?

— Non ! Il attendait d'en savoir davantage pour intervenir.

— Si Goldstein n'eût pas réglé des achats avec des billets volés, il n'eût pas été soupçonné ?

— Je vous répète qu'on n'avait aucune trace.

— Lawrence Tiller a dansé à Berlin ?

— Pendant quinze jours, au Wintergarten. Elle y était à l'époque du cambriolage.

— Où se trouvait alors Joseph Van de Waele ?

— A Vienne.

— Et Harry Brulls ?

— A Berlin.

— Il a dit ce qu'il y faisait ?

— Il visitait la ville.

— Il est riche ?

— Sa femme possède une certaine fortune. Elle ne quitte jamais Londres. Elle reproche à son mari ses prodigalités. Il a déjà été plusieurs fois question de divorce.

— Toutes les bombes provoquent-elles un incendie ?

— C'est rare. A moins qu'elles soient fabriquées dans ce but.

— C'était le cas ?

— Cela paraît probable.

— On n'a rien retrouvé des titres volés ?

— La moitié d'une liasse, à demi consumée.

— Vous avez des renseignements sur Gerhardt Gross ?

— Très peu. Inspecteur intelligent, au courant de toutes les méthodes scientifiques de police, admirateur de son homonyme le professeur Gross, le théoricien du crime.

— Quel âge ?

— Trente-trois ans. Parle couramment l'anglais et le français. Il a annoncé plusieurs fois à ses collègues qu'à quarante-cinq ans il serait à la tête de la police berlinoise.

— Quelle est la profession de Stephan Strevszewski ?

— Représentant en fourrures.

— Van de Waele est marié ?

— Et père de famille, mais, lors de ses fréquents voyages, il met son alliance en poche. Il a supplié les journalistes de ne pas signaler sa présence à Bruxelles, parce que sa femme le croyait toujours à Paris.

— Vous avez des renseignements sur le garçon d'étage ?

— Jef Bronckaerts, engagé huit jours plus tôt. A surtout travaillé comme valet de chambre à bord des paquebots.

— Où se trouvait-il lors de l'explosion ?

— Assis dans un fauteuil, en face de l'ascenseur, où il passe la nuit lorsqu'il est de garde.

— Il est logé à l'hôtel ?

— Non ! Une partie de la domesticité couche en ville, par suite du manque de place.

— C'est lui qui, le 9 avril, a rangé la chambre de Goldstein ? Et il y est resté seul ?

— Pendant une heure environ.

Joseph Leborgne s'était montré patient. Il avait répondu sans nervosité à mes questions.

— Avouez que le problème est d'une simplicité inouïe ! fit-il enfin. Il m'a fallu un quart d'heure exactement pour découvrir la solution...

— Croyez-vous que des malfaiteurs assez

audacieux, assez intelligents et organisés pour dévaliser une banque en perçant un passage sous une rue, soient, d'autre part, assez naïfs pour se servir immédiatement de billets dont ils savent que la police possède le numéro ?

» C'est à cela qu'il fallait penser !

» Autrement dit, Ernst Goldstein, qui n'était qu'un vague comparse, sans doute, a servi d'appât. Il fallait faire sortir le butin d'Allemagne. Les frontières étaient surveillées.

» Goldstein a joué le rôle de paravent.

» La police s'est lancée sur cette piste et, dans le train de Bruxelles, elle n'a pensé à tenir à l'œil qu'un seul et unique voyageur.

» Or les bagages de Goldstein ne devaient contenir que quelques liasses de titres et de billets, juste de quoi donner le change à Gross.

» Le vrai butin, les seize millions, un autre les transportait dans le même train. Et pour être moins facilement soupçonné, il avait soin de se faire passer pour impotent.

» Comment se méfier d'un homme qui ne peut même pas marcher ?

» A Bruxelles, Strevszewski, qui est sans doute le chef de la bande, a une idée ingénieuse. A moins qu'il ne soit venu là avec cette idée.

» Il sait que Gross croit dur comme fer que les millions sont dans la chambre 77 et que Goldstein est le principal coupable.

» Mais que l'inspecteur arrête le bonhomme, et il découvrira la vérité. Peut-être même Goldstein parlera-t-il.

» Une bombe y met bon ordre.

» Elle détruit à la fois le comparse et les valises qui passent pour contenir le butin.

» La bombe éclate quand Strevszewski est parti, transporté sur une civière par de robustes infirmiers.

» N'empêche qu'il est resté à peu près seul au troisième étage, tandis que les voyageurs étaient à table...

» Clair, n'est-ce pas ?

13

La tabatière en or

Le dossier n'était pas avec les autres. Je ne l'avais pas cherché. Un tiroir était entrouvert et, apercevant une chemise pareille à celles que je compulsais d'habitude sous le regard ironique de Joseph Leborgne, je la saisis.

Il vit mon geste dans un miroir. Il s'approcha vivement de moi et je suis certain que son premier mouvement fut de m'arracher le dossier des mains.

Mais il se ressaisit. Il balbutia d'une drôle de voix :

— Rendez-le-moi !

La curiosité ne va pas sans indiscrétion. Je refusai en souriant. Leborgne était devenu pâle, mais je donnais de cette pâleur une explication toute différente de la réalité. Je supposais que j'avais, enfin, mis la main sur une affaire qu'il n'avait pu déchiffrer, ou dans laquelle il s'était fourvoyé.

— Vous ne voulez pas me le rendre ?

A cet instant, une coupure de journal reproduisant une photographie glissa du dossier et je constatai avec stupeur que c'était Leborgne lui-même, mais un Leborgne différent de celui que je connaissais. Sur le portrait, il n'avait pas vingt ans. Une légère moustache ombrageait ses lèvres. Son visage semblait plus long et des cheveux bouclés lui donnaient une allure romantique.

Nos regards se croisèrent et le sien trahit la lassitude, la résignation.

— Après tout... murmura-t-il pour lui-même.

Il était trop tard, en effet, pour me cacher le secret de l'étrange dossier, car il m'avait été impossible de ne pas voir, sous la photo reproduite par le journal, la mention :

Jacques Saint-Clair
le jeune assassin de M. Gourdon-Moreuil

Je m'en voulais de mon refus de rendre le dossier. Je maudissais mon indiscrétion professionnelle. J'eusse donné gros pour n'avoir pas lu les mots terribles et je regardais piteusement mon compagnon, qui avait gagné son fauteuil favori.

— Vous ne vous appelez pas Leborgne ?

— Jusqu'à dix-huit ans, je me suis appelé Saint-Clair.

— Et... c'est... c'est vrai ?

J'étais pourpre. Je devais avoir l'air stupide avec, à la main, la chemise dont je ne savais que faire.

— Lisez, soupira-t-il.

Il serait trop long de reproduire tous les articles ayant paru sur l'assassinat de l'avocat Gourdon-Moreuil, et je fus obligé pour moi-même, pour mettre de l'ordre dans mes idées, d'en faire un résumé que je crois néanmoins complet.

La partie la plus importante de ce résumé est sans contredit la biographie de celui qui s'appelait à cette époque Jacques Saint-Clair et qui est devenu l'énigmatique Joseph Leborgne.

« Né à Montmorency, d'une famille aisée.

» Depuis quatre générations, les Saint-Clair étaient notaires de père en fils.

» A l'âge de huit ans, Jacques Saint-Clair perdit à la fois son père et sa mère dans un accident de chemin de fer, sur la ligne d'Orléans, au cours duquel il fut blessé lui-même.

» La tutelle ayant été confiée à un oncle

maternel, celui-ci fit faillite trois ans plus tard et dut avouer que la fortune de l'enfant était engloutie dans la débâcle en même temps que la sienne propre.

» C'est alors que le parrain de Jacques Saint-Clair, l'avocat Gourdon-Moreuil, décida de s'occuper de celui-ci et le mit au lycée Condorcet, où il paya régulièrement sa pension.

» A dix-sept ans, Saint-Clair passa son baccalauréat et, d'accord avec son parrain, se prépara à l'Ecole de droit.

» Il prit une chambre dans une pension de famille du boulevard Saint-Germain et, dès lors, la tradition s'établit d'un dîner réunissant, chaque mercredi, le parrain et le filleul dans l'appartement de Gourdon-Moreuil, rue de Bellechasse.

» Jacques Saint-Clair arrivait à sept heures. Les deux hommes se mettaient à table à sept heures et demie et étaient servis par Armand, le seul domestique de l'avocat.

» A neuf heures, le jeune homme s'en allait, car Gourdon-Moreuil ne se couchait jamais plus tard. »

La biographie de Gourdon-Moreuil n'est peut-être pas moins intéressante.

C'était un homme de cinquante-deux ans, qui avait toujours joui d'une fortune assez coquette. Ayant pris ses grades à l'Université, il ne plaida jamais et il ne tarda pas à devenir le prototype du célibataire endurci et maniaque.

Toute sa vie, il occupa le même appartement, rue de Bellechasse, et, lors de sa mort, son domestique, Armand, était à son service depuis plus de vingt ans.

Gourdon-Moreuil menait une existence régulière.

Il collectionnait avec passion les tabatières et les cannes et il avait aménagé un petit salon en véritable musée, aux murs entièrement tapissés de vitrines.

Il ne recevait pas. Il n'allait pas dans le monde.

Par contre, il lisait énormément et sa bibliothèque ne comportait guère que des recueils d'anecdotes historiques.

Quant au drame, en voici un résumé établi d'après une douzaine de récits et surtout d'après le procès-verbal de l'interrogatoire d'Armand.

Ce mercredi-là, Saint-Clair arriva à sept heures, comme d'habitude, mais le valet de chambre remarqua qu'il était nerveux. Aussi celui-ci n'était-il pas étonné, quelques minutes plus tard, d'entendre des éclats de voix dans le grand salon, où le parrain et le filleul se promenaient de long en large.

Gourdon-Moreuil n'avait pas de secret pour son domestique.

Armand savait donc que, depuis trois mois environ, Saint-Clair avait une maîtresse dont il était fou. C'était une fille de mœurs légères, connue au Quartier latin sous le nom de Margot.

Le jeune homme qui, jusque-là, n'avait usé que modérément de la générosité de son bienfaiteur avait fait coup sur coup des folies et Gourdon-Moreuil avait dû lui remettre à plusieurs reprises des sommes supplémentaires.

A sept heures et demie, le dîner fut servi dans la salle à manger et il se déroula dans un silence d'orage.

Gourdon-Moreuil et Saint-Clair, qui venaient de se disputer, étaient sombres.

A huit heures, Gourdon-Moreuil et Saint-

Clair rentrèrent dans le grand salon où une nouvelle discussion ne tarda pas à s'amorcer.

Armand, de sa chambre où il se préparait à sortir, perçut des éclats de voix. Il lui sembla que Saint-Clair menaçait.

A huit heures et demie, au moment où il sortait, il entendit derrière lui des pas précipités et le jeune homme arriva à la porte en même temps que lui, après avoir traversé le petit salon, le bureau et l'entrée.

A cet instant on pouvait entendre les allées et venues de Gourdon-Moreuil dans le grand salon.

Sortant ensemble, le domestique et Saint-Clair descendirent l'escalier côte à côte et Armand remarqua alors qu'un objet volumineux gonflait la poche de son compagnon. Celle-ci était même légèrement entrebâillée et Armand crut apercevoir l'éclat sourd d'une tabatière en or massif qui était une des plus belles pièces de la collection de son maître.

En vieux serviteur, il était volontiers familier et c'est pourquoi, sur le trottoir, il questionna en mettant sa main sur le bras du jeune homme :

— Il vous l'a donnée ?

— Non ! Je l'ai prise ! répliqua nerveusement celui-ci. *Il le fallait !*

Et il s'éloigna en courant presque.

Armand passa la soirée au Théâtre Montrouge.

Quand il rentra, à minuit, la porte de l'appartement était ouverte. Il s'en étonna. Il regretta de n'avoir pas d'arme sur lui, car il pressentit un malheur.

Il traversa l'entrée, le bureau, pénétra dans le salon aux collections où il trouva toutes les vitrines béantes et vides. Seules les cannes étaient là.

Il se précipita dans le grand salon et il s'y heurta au corps de son maître qui était étendu sur le tapis, la poitrine trouée d'une balle.

Il n'y avait pas de revolver auprès de lui. Le corps était déjà froid.

Armand allait appeler au secours quand des bruits lui parvinrent de la cuisine dans laquelle il se rendit, armé d'un chenet qu'il prit dans la cheminée.

Un spectacle ahurissant l'attendait.

Jacques Saint-Clair, les yeux fous, brisait à grands coups de marteau les tabatières de la collection, s'obstinait avec une rage inexplicable à ne laisser de ces véritables trésors d'art qu'un amas méconnaissable de métal.

Sa tâche s'achevait lorsque le domestique entra.

Il le regarda avec effroi, eut l'air de chercher une issue.

Puis, brusquement, après un dernier coup d'œil à son œuvre, il s'enfuit, emportant un morceau d'or gravé qu'il n'avait pas eu le temps de marteler.

On ne devait pas le retrouver. D'après certains indices on supposa qu'il s'était réfugié en Angleterre.

Sa maîtresse, interrogée, confirma que le jeune homme avait des dettes criardes et qu'il avait même signé des chèques sans provision. Mais elle jura qu'elle ne savait rien du drame.

Dans le grand salon, on ne trouva aucun désordre. Gourdon-Moreuil était mort sur le coup.

Il ne s'était pas couché, ni même dévêtu.

Hormis la collection détruite, dont on ne put pas identifier les restes, il n'y avait aucune trace d'effraction ni de vol dans l'appartement.

Il me reste à signaler le ton indigné des articles qui tous, sans exception, représentaient

152

Saint-Clair comme un monstre d'ingratitude et réclamaient sa tête au cas où on parviendrait à découvrir sa retraite.

Je regardai Joseph Leborgne, qui était toujours de marbre, et je ne trouvai rien à dire.

Je me demandais comment me tirer de cette situation atrocement pénible quand sa voix mate s'éleva, prononçant :

— Qu'est-ce que vous en pensez ?

Il me sembla que cette voix regorgeait d'amertume. Je hasardai :

— Vous êtes resté longtemps en Angleterre ?

— Cinq ans. Quand je suis revenu, je m'appelais Joseph Leborgne... Il n'y avait pas encore prescription...

Je ne voyais pas son visage et, cependant, j'avais l'impression très nette que celui-ci était sardonique.

— Je ne m'étais jamais occupé de police ni de mystère, déclara Leborgne. Je crois maintenant que c'est cette affaire, où tout le monde pataugea jusqu'au bout, qui m'a donné le goût des enquêtes criminelles.

» A ce moment, je n'étais qu'un jeune homme quelconque, amoureux pour la première fois de sa vie et prêt à toutes les folies. Comme vous l'avez lu, j'avais fait des dépenses exagérées, signé des chèques. J'étais traqué. Il me fallait cinq mille francs le jour même et mon parrain me les refusait avec des phrases méprisantes à l'adresse de ma maîtresse.

» C'est alors que l'idée me vint de prendre une de ses tabatières que je comptais, non pas vendre, mais mettre en gage, avec l'arrière-pensée de la dégager un jour et de la restituer.

» J'en avais remarqué une, tout en or, que Gourdon-Moreuil ne contemplait qu'avec émotion.

» En sortant, je m'en saisis, je la poussai dans ma poche, et je n'eus pas le courage de mentir au domestique.

» Il me fallait de l'argent ce soir-là, coûte que coûte. Après j'aviserais...

» Il était tard. Mais je connaissais un prêteur chez qui je me rendis et qui, après un simple coup d'œil sur l'objet, me le poussa dans la main et me conseilla de ne le montrer à personne.

» Quelques instants plus tard, j'apprenais la raison de son geste. La tabatière était une pièce historique de grande valeur volée un an plus tôt au musée de Cluny.

» Ce fut pour moi une révélation. Je compris pourquoi mon parrain ne montrait sa collection à personne, ce qui est contraire à l'habitude des collectionneurs. Je me souvins de certaines autres bizarreries.

» Je retournai rue de Bellechasse, et, dans le grand salon, je me heurtai à un cadavre.

» Gourdon-Moreuil s'était tué en découvrant le vol, en se doutant que mon acte ferait éclater la vérité. Son revolver était près de lui.

» Je l'enfouis dans ma poche. J'étais en proie à une fièvre intense. Car j'étais la cause indirecte de sa mort et il était mon bienfaiteur.

» Il avait volé des années durant, mais n'était-ce pas plutôt une sorte de malade qu'un malfaiteur ?

» Certains hommes poussent ainsi une manie jusqu'au paroxysme.

» Je voulus sauver sa mémoire. Je ne pouvais emporter toutes les tabatières. Et je ne savais pas lesquelles étaient des objets volés.

» J'entrepris de les briser à grands coups de marteau.

» Armand me surprit... Je m'enfuis.

Leborgne me regarda avec un étrange sourire. Et il soupira :

— Croiriez-vous que c'est ce crime, mon crime, qui est à la base de toutes mes découvertes en matière policière ? Il m'a appris une vérité, trop peu connue ou trop négligée : c'est que la logique d'un homme empoigné par un drame n'est pas la logique de ceux qui en lisent le récit dans leur fauteuil, ce que j'appellerais la logique de tous les jours.

» Donnez-moi donc une cigarette...

Table

Composition réalisée par JOUVE

IMPRIMÉ EN ESPAGNE PAR LIBERDUPLEX
Barcelone
Dépôt légal Éditeur : 57018-06/2005
Édition 01
LIBRAIRIE GÉNÉRALE FRANÇAISE - 31, rue de Fleurus - 75278 Paris Cedex 06.
ISBN : 2 - 253 - 14309 - X